松不老随笔

徐绕松 著

经济日报出版社

图书在版编目（CIP）数据

松不老随笔 / 徐绕松著. -- 北京 ：经济日报出版社，2022. 6
ISBN 978-7-5196-1243-6

Ⅰ. ①松… Ⅱ. ①徐… Ⅲ. ①随笔-作品集-中国-当代 Ⅳ. ①I267. 1

中国版本图书馆 CIP 数据核字（2022）第 248811 号

松不老随笔

作　　者	徐绕松
责任编辑	孙　棂
责任校对	蒋　佳
出版发行	经济日报出版社
地　　址	北京市西城区白纸坊东街 2 号（邮政编码：100054）
电　　话	010-63567684（总编室）
	010-63584556　63567691（财经编辑部）
	010-63567687（企业与企业家史编辑部）
	010-63567683（经济与管理学术编辑部）
	010-63538621　63567692（发行部）
网　　址	www. edpbook. com. cn
E - mail	edpbook@ 126. com
经　　销	全国新华书店
印　　刷	成都兴怡包装装潢有限公司
开　　本	880mm×1230mm　1/32
印　　张	8. 375
字　　数	180 千字
版　　次	2023 年 3 月第 1 版
印　　次	2023 年 3 月第 1 次印刷
书　　号	ISBN 978-7-5196-1243-6
定　　价	58. 00 元

松不老，情理说分明。观念新时催奋进，言词耿直笃前行。座右作金铭。

——摘自钱存德先生读绕松兄所著《细细说365》一书有感，调寄《忆江南》句

不老兄的“呆事”

（代序）

狼牙棒

不老兄又自费出书了！这是继《细细说法》和《细细说365》之后，不老兄做的又一件“呆事”。什么才是呆事？就是吃饱了没事干，自己花钱赚吆喝。图啥？外人不明就里，我们这些老朋友是打心眼里敬佩的。

这本《松不老随笔》是《细细说 365》的姊妹篇，是后续，一年 365 天，每天一份随笔，寒来暑往，从不间歇，只有呆人才做这样的呆事。然而，也正是这 365 天的坚持，让我对这位老哥更加敬重了。做一件事易，坚持做一件事难，成年累月的坚持做，难上加难。这是 2019 年开始的事，如今还在坚持着，我向来对执着的人抱有敬佩之情。

人对知识的获取，无非来自于书本和自身的经历，不老兄的随笔，是早过耳顺之年，开始从心所欲的心灵呼唤。不听老人言吃亏在眼前，老人之言，是经验之谈，是生活的磨砺和摔打之后，血与泪的教训，灵与肉的呐喊，其中，不乏对许多观点的认同、提炼、升华、修正，在每天如约而至的文字里，我们看到了作者的身影，听到了作者的声音，感受到作者跟随时代跳动的脉搏。

年逾七十的人，偏偏不服老，一定要我们跟他称兄道弟，本该含饴弄孙，自得其乐地在古镇溱潼逍遥快活，却偏偏不甘寂寞，要在平凡的世界里弄出不平凡的事情来。人应该怎样活着？不老松给了我们一个答案。老哥精神世界的充盈与热烈，非一般人可比。

文学为大众服务，真正的文学爱好者，一定不是图名争利，几两碎银和几顶虚荣不是文学创作的原动力，内心的呼唤才是。不老兄做人民陪审员，看多了一个个活生生的案例，在商海里摸爬滚打多年的他，觉得有必要告诉人们最基本的法律常识，所以有了《细细说法》。今天，历经风风雨雨人生路的他，把那些他觉得有必要的人生感悟告诉他人，也是一种自发自觉的行为。提醒告诫鼓励帮助，是这本书的使命；热情真诚细致理性，是这本书的温度。

老舍先生喜欢玩一些小古董，好多瓶瓶罐罐都有缺口裂缝，郑振铎看见了，直言不讳，全该扔了！老舍却说："我看着舒服。"两人相视一笑，这是真"风雅"。不老兄做了一件别人以为呆，自己觉得舒服的事，问他缘由，只一句，我高兴。我以为，这就是他的雅趣。

当今网络发达，信息量大，手机里每天“短频快”的内容铺天盖地。或博人眼球，或无病呻吟，或不知所云，或故弄玄虚。不老兄的随笔像母亲熬的老母鸡汤，真材实料，好喝，透鲜，有温度，有营养。

疫情三年，人们在恐慌无助中寻求生命的意义，不老兄于熙攘杂乱中另辟一方净地，将汩汩涌动的甘泉奉献世人，为躁动的心送上安抚与慰藉。此为大德至善之举。

（狼牙棒，原名，洪源，教师，兴趣爱好广泛，一手持教鞭，一手握乒乓球拍。平时喜欢随性写点杂文。现供职于江苏省姜堰中专。）

目录

CONTENTS

Chapter 01

人生智慧

往者不可谏，来者犹可追。

——《论语·微子》

1

人这一生，总会遇到跨不过去的坑、卸不下的累，以及一眨眼间就会错过的人。有时候，我们画地为牢，越努力越疲倦，越去争取越失去，越忧愁未来，越迷茫现在。却不知，有时改变一下自己，便可安然向前。

人这一生，有很多的路要走，没有哪一条路是可以一直走下去的。所以，当前路行不通时，记得转个弯，另一条路的风景会让你有意想不到的收获。

生活百态，一定会有很多事让你看不明白，想不清楚。当你遇事不知道顺时，请记得放下一些压着你的执念。等到时过境迁，你再回首时，将发现曾经迈不过去的大山，在远方也不过是渺小的泥丸。

2

运气是努力的附属品。没有经过实力的原始积累，给了运气你也抓不住。上天给予每个人的都一样，但每个人的准备却不一样。不要羡慕那些总能够撞大运的人，你必须很努力，才能遇上好运气。

人生一直在变，许多运气的好坏也会变，某一件烦了的坏运气，或许正是下一件事情好运气的开端。运气总是捉摸不定的，或许需要走过这一生，才能找到答案。而努力，至少是可控的。

努力的意义就在于，如果我们不努力，生活就是一条单行道，可控的那部分就会越来越少，我们的无可奈何和迫不得已就会越来越多。

朝着自己想要的未来努力吧！哪怕每天只前进一点点，也是好的。

3

一个人真正的成功，是拥有一个幸福的家。人生在世，最大的幸福其实很简单，就是有爱你的家人和你爱的家人。

一人，一生，一家，普普通通，却让人眷恋，平平凡凡，却让人挂牵。家是我们一辈子的根，有家可回，有家可依，有家人陪伴，彼此疼爱了，才是人生中最大的福气。

或许两个素不相识的人就组成了一个家，但这就是一种缘，每一个人在这座房子里都有着无可替代的位置，缺少了谁都是今生的遗憾。

家是一个放松的地方，让人心情舒畅，怡然自得。累了，烦了，伤了，痛了……你都可以在家中找到释放的空间。回到家，可以听几首舒缓的音乐，静坐冥思；也可以饮一杯幽香的清茶，和家人分担你的苦恼。

修身、齐家、治国、平天下，人一生的第一要务就是要把家庭经营好，把家植于内心之中，溶于血脉之里。

4

人生从来没有过不去的坎。不管当下多么煎熬，都必须勇敢地向前走。当你穿过了暴风雨，你会发现自己早已不再是原来那个人。

你的困难，别人不会替你解决，你弱的时候，连影子都会离你而去；你的情绪，别人说的，都无法感同身受，生活从来都是冷暖自知，苦乐自尝。

希望别人给你宽慰，祈求他人伸出援手，不如学会自救，变得坚强。主宰命运沉浮的只能是自己的努力，只有学会自救，生命之舟才不会沉没。相信自己没有什么不能做到，只有抱着巨大的热情和坚强的意志去改变现实，你才能掌控自己的命运。

事实上，对别人的一再依赖，反而会让我们忽略了一份最强大的力量，那便是我们自己。其实，我们只要竭尽全力去做了，我们自身的力量足以让自己从困境中解救出来，去创造生命的奇迹。

5

生活中，我们都有可能时常为荣辱所困，脚步匆匆，若有所逐，大起大落，最终不落窠臼，过得疲惫不堪。哪里又有时间去欣赏生活中的美呢？“望天空云卷云舒”的宠辱不惊又从何谈起呢？

一生之中，看淡荣辱，是一种境界。

人，都有好胜心，不甘落于人后，受人欺辱。为了赢得更多的荣光，一路追逐。力争上游，本无可厚非，但若忘了初心，被欲望驱使，便是祸非福。

生活中，要是我们能够看淡名利与荣辱，平平淡淡地生活下去，那么，我们不但不会成为名利的“跟屁虫”，反而会让名利悄然而至。

常思贪欲之害，常念不廉之果，常记失足之恨，常怀律己之心，常有荣辱之感，常修为人之德。淡泊方能轻名利，宁静方可达致远。否则，成不了大才，成不了大事，更成不了大写的人。

6

讲究和将就，发音相同，却乾坤倒转，造就的是两种人生态度和状态，两种截然不同的人生现状和意境。

真正讲究的人，透着一股恰到好处的自信与笃定。你完全看不出，却又完全能够感受到那气场。

生活里讲究的高手喜欢穿廉价的外衣、昂贵的内衣，公交出行，排队进电梯，怜悯弱者，默默伸援手。在交谈里，他们更愿意倾听和关注，而不是表达。他们的素质、修养俱佳，跟人相处，时时处处不会让你感到不适。

最好的人生，能讲究，也能将就。在最好的境遇中，能享受最好的生活，能讲究。在最低的境遇中，也能接受最坏的结果，能将就。

不去怨，不去恨，在将就中讲究着过。你往后的生活，必定有诗意，必定有清欢。愿你，在最低的境遇里，也能一路浅笑前行。

7

有些人，直至终老都无法想通，为什么他们的生活会那样痛苦，烦心事那么多。归根结底，是因为他们的福报不够，才会对世事放不下，总是斤斤计较，让自己活在痛苦里。

人生不如意，十之八九。得到与失去，从来不由人的意志为转移。想要内心坦然，唯有对得起自己的心，让自己不在未来的日子，惋惜过去，叹惜“如果”。

放下是一种随其自然的心态，人生总是在取舍之间，面对不同的选择，应该学会放下，学会满足，这是智者的心态，是成功的阶梯。学会了放下，人生定会有另一番境界。

人生路上，不要总是为难自己，要知道人生没有后退键，也不可能重来。要接受现在的自己，活在当下，而不是为了自己无法改变的过去而感伤。

放下了，人生路便明朗宽敞了。

8

在这世上，有人把你当童话，有人把你当神话，也有人把你当笑话。没关系，做好自己，花若盛开，蝶自飞来。经历过后，就会渐渐明白，岁月的每一道年轮都无法复制，各有深浅。尽管岁月沧桑，但世界依然，生命依然。心若年轻，则岁月不老；心有热爱，就不会烦恼。

生活本不苦，苦的是我们欲望太多；人生本无累，累的是放不下太多。竹本无心，却节外生枝，藕虽有孔，但出淤泥而不染。人生如梦，万般皆是命，半点不由人。

人算，不如天算。算计的越多，失去的越多；计较的越少，失去的越少。厚道的人不占人家的便宜，无论在什么境遇下，都活得明白、轻快、洒脱。

厚道的人，都不以自我为中心，懂得设身处地为别人着想。他们不会轻易否定别人，不会随便指摘，而是换位思考，宽厚容忍。

我愿捧出七分厚道待人，留出三分精明处事。三分精明，擦亮双眼，不轻易遭人设计，辨别真伪，避免跟烂人烂事纠缠；三分精明，察言观色，审时度势，学会对什么人说什么话，别让自己吃亏；三分精明，严于律己，给自己留有余地，更多是让别人感受到善良。

大道至简，大巧若拙，大智若愚。待人之道，精明不如厚道。

9

人世间，生活的本质是：生下来活下去，最终选择一种姿态走向死亡，至于你是穿貂裘还是披破布，没人在意。

不同的人有不同的活法，不同的人有不同的幸福。

幸福其实很简单，也并不遥远，它就在你的身边眨着眼睛，你只要用心去体会，你就会感觉到自己的幸福是来得多么容易。

困的时候有一张温暖的床，渴的时候有一杯热热的清茶，饿的时候有一个白白的馒头，冷的时候有一件御寒的衣服，这些生活中细小的事情，其实都是幸福的源泉，只要你用心地去感受它，幸福就在你的身边。

生活中少一点贪婪，多一点知足，少一点欲望，多一点淡泊，幸福一定就在你的身边。

人，唯有舍弃无谓的贪婪，方可在知足中感受幸福的温度。愿每个人都能做好欲望和生活的平衡，取悦自己，忠于本心，做自己喜欢的事，活成自己喜欢的样子，才是快意人生。

10

在人群中，你能分辨出哪些人很厉害，哪些人很平庸吗？这个问题，其实相当地难。因为，往往那个最厉害的人都是很低调的，很沉默的。人群中最安静的那个人，往往最出众。

安静，是内心喧嚣后的沉默，是无数次沉默后的习惯。在人群中安静的那个人，也许在工作中取得过许多成绩，常常有优异的表现，所以他气定神闲，清楚自己的能力。抑或许，他是在观察，在观察中搜寻有实力的人，在观察中学习他人。安静，能让他在观察时拥有更清晰的头脑，做出更准确的判断。

人生最好的境界是丰富的安静。安静，是因为摆脱了外界虚名浮利的诱惑；丰富，是因为拥有了内在精神世界的宝藏。收起锋芒，适时安静，学会低调做人，高调做事。

11

人的一生，不能只在高处，也不能只在低谷。因为，无论脚下的路走到多远，无论人生的旅途有多长，最终也都将回归到平淡的生活，伴随着柴米油盐的日子，度过余生。

你不懂生活，生活不会怪你，而梦属于你，也不属于你。远方的风景，你只能欣赏，却不能长久拥有，只有近处的东西，只有当下你所拥有的东西，才是切切实实陪伴着你的东西。

人生，一定要用一颗简单的心和一个憧憬的姿态，去看这个虚幻而又现实的世界，一切美好都会在眼前的生活中找到。

12

人生如棋，一白一黑，局里局外，皆是命。有诗为证：松下无人一局残，空山松子落棋盘。

神仙更有神仙招，毕竟输赢下不完。

人生一局棋，关于输赢，我们总是无能为力。迷惘之时，多半在局内，当你了悟的时候，人已在局外。

若用平和的心态，看凡间一切，简单明了。若用复杂的心态，看万丈红尘，则为世相所迷。

此时若能看开，无疑是一剂心灵的良药，帮助我们在纷繁芜杂的生活中形成一个良好的心态。

人生如棋，步步相随，无论好与坏，每一天都一样地重要。人生，就如同自己和自己下棋，你越计较，最后输的永远都是你自己，只有舍弃一些棋子，才能换得一生的平静和幸福。

13

生活不易，何必纠结，那些以洒脱为心的人，才是真正的英雄。因为他们在认清真相后，依然选择热爱，能接受自己的缺陷，包容外界的刁难，为原本苦闷的生活，增添几分喜剧色彩。

洒脱不是无所事事、不思进取，也不是看破红尘、心灰意冷，更不是声色犬马、纸醉金迷。洒脱是一种世事洞明的豁达，一种淡泊名利的超脱，一种有所为有所不为的风度。洒脱不是放弃，而是放下，放下不切实际的幻想，放下无法更改的过去，行云流水，任其所之。

真正的洒脱心，通常是痛定思痛的升华，是历经千山万水、阅尽风雨沧桑后的坦然。生命是造物主的恩赐，我们无法主宰生死，但完全有责任增删其内容，免得人生成为一段心力交瘁的行程。

14

漫长的人生道路，不是从别人嘴里冒出来的，而是自己一步一步走出来的。不管你有多善良，总有人会说你不好；即使你再完美，也会有人指手画脚。

正所谓：你穷，有人会嫌弃你；你富有，有人会嫉妒你；其实是你越在乎，就越烦恼。许多时候，并非你做得不好，而是有些人喜欢挑刺。

每个人都应该学会，别在乎别人的眼光，走自己的路。因为每个人都是独一无二的，就像巧克力一样，有些苦，有些甜。

有能力的人会被说，没有能力的人只会说别人。与其花心思想别人在背后说你的话，不如用心走脚下的路。事实胜过流言，行动比说话更有力。

正如李嘉诚先生所说：要克服生活的焦虑和沮丧，首先要学会做自己的主人。不要因为不好的评价而动摇，不要因为别人的瞧不起而自怜；坚持脚下之路，才能拥抱真正的幸福。

15

人生就像是一个舞台，如果你死守于枯井之中，那么你的人生将毫无起色，因为世界在你的眼里只有巴掌大的一块地方；如果想让自己未来的舞台更加绚丽多彩，那么就必须打破安于现状的心态，把眼光放得更长远一些。

你能看多远，才能走多远；没有远见必寻短见，急功近利没有明天。

想付出就马上获得回报，这是钟点工思维；想每月收获稳定的工资，这是打工者心态；靠年度业绩成果领年薪，这是职业经理人；愿意耐心的等待三五年，适合成为投资家；会用一生的眼光去权衡，这才是人生赢家。

一个人，可以没有聪慧的头脑，可以做不好手头的工作，但不能缺少远见。远见是一种深谋远虑的思考，也是对未来的一种设想。

16

人生，最不缺乏的就是选择，而我们每做出一个选择就意味着要面对这个选择可能带来的结果。特别是在人生一些重大的决定上面。

在生活里，我们面对身边的一些诱惑时，很难一直保持着冷静的心智，稍不小心，就可能做出一些错误的决定，让自己走向了一条弯弯绕绕的路。

所以，在做出一个选择之前，一定要均衡利弊，不要着急，慢慢来。不要轻易地就选择那条看似好走的路，你永远不知道这究竟真的是充满鲜花的康庄大道，还是架在急流之上的独木小桥。

有主见的人面对抉择本就不是选择题，因为他们知道自己想要什么，面对选择只是更坚定了人生的方向。请记住“不忘初心，方得始终”。

17

有人说，你只管暗自努力，幸福自然会找上门来。其实，幸福从来都不会自己找上门来，需要我们主动去争取。也许争取幸福的过程并不容易，但最后结果总会比站在原地等待要好。

命运历来就是如此不公平，不是所有事情你拼尽全力就一定能办到，只要无愧于心就好。但一定要敢于做选择，敢于去争取，对自己的生活负责。

幸福的人生从来就不是唾手可得的，坐享其成、不劳而获的“天上人间”在现实生活中是根本不存在的。唯有努力争取，我们才能一点点靠近幸福。只要愿意奋斗，想要的幸福最终都会实现，而且来得远比我们想象得要快，只不过是时间问题。

18

这是一个张扬个性的年代，各种形式的东西光怪陆离地出现在世界上。但是，这绝不意味着我们做事可以不管不顾，凭着自己的个性为所欲为。要学会低调做人，一个懂得低调的人才是一个真正懂得积蓄力量的人。

虚心竹有低头叶，傲骨梅无仰面花。天不言自高，地不语自厚。贵而不显，华而不炫，做个低调的人，才是最高级的人生态度。

高调做事，让你出人头地；低调做人，让你少遇阻力。高调做事，众望所归，水到渠成；低调做人，暂时的让步，往往是赢取对手的资助，最后不断走向强盛，伸展实力再反过来使对手屈服的一条有用的妙计。

一个人不可能时时刻刻都占据主动，做事可以高调，但做人一定要低调。在“低调”心态的支配下，才能成就非凡的人生。

19

人生天地间，路路九曲弯，从来没有笔直的。水能直至大海，就是因为它巧妙地避开所有障碍，不断拐弯前行。

人生路上难免会遇到困难，拐个弯、绕一绕，何尝不是个办法。山不转，路转；路不转，人转。只要心念一转，逆境也能成机遇。只要心里拐个弯，就会路随心而转，从而超越自我，开创新的天地。

人这一生，最大的智慧就是接受不完美，别和自己较劲，学着和生活和解。烦恼和幸福，往往就在一念之间。心变了，脚下的路变了，感受自然也就不同，这也就是“拐弯”的魅力。

愿我们都能解开心中千千结，顺势而为，在不起眼的拐角处，遇到幸福。正所谓：看淡眼前不平事，走过了山重水复，遇到柳暗花明。

20

时间不会回头，人生没有如果，失去的已不再回来，回来的已不再完美。好好珍惜当下所拥有的，终有一天，你会和自己和解，咽下所有脾气，磨平一身棱角，笑着面对曾经讨厌的人和事，变成一个不动声色的人。

日常生活中我们渴望被人读懂，但是我们又怕被人看懂。在这复杂的尘世中，向往深情而又简单的生活，喜欢温暖而又安静的样子。有些时候，被人理解的感觉，就像是有人提着灯笼，照见蹲在角落的自己。但也有时候，被人懂得，就像在严寒的冬天给了一个温暖的怀抱。

人生，因为在乎，所以痛苦；因为怀疑，所以伤害；也因为面向阳光，所以一路向前。不嫉妒，不攀比，不羡慕，不强求。在阳光下微笑，在风雨中奔跑。

21

有位著名企业家讲过一句很耐人寻味的话：“一个人真正的伟大不是领导别人，而在于管理自己。”的确，人活着其实就是一场自己跟自己的博弈。任何时候，不放弃对自我的要求，管理好自己，才是一个人最大的本事。

要知道，一个人真正的衰老，从来不是年龄的增长，而是丧失了对美的热爱，丧失了对自我的要求。

无论何时，别跟生活认输，别向岁月低头。这世上最好的保养品，就是你永远的自律和不将就。

人活着难免会碰到不如意的事、不顺眼的人，请切记，你可以愤怒，但不能愤怒地表达。不发不该发的脾气，不急急不来的事。不因为愤怒就乱了方寸，也绝不用坏情绪影响他人。真正成熟的人，都懂得管理自己的情绪。

自我管理，是我们每个人一生的修行。同意的请点个赞，也请大家转发分享给身边更多的朋友。

22

永远都不要把自己看得太重要，否则就会大失所望。无论你处于什么地位，无论你有多重要，其实你的离开一点都不重要。

谁离开谁都照样活，比你有能力比你有才华的大有人在，所以我们不要太招摇，不要太嘚瑟，不要太高调，不要太目中无人。做人，不要太张扬，别以为你很牛，没有你，地球照样转，离开了这个平台，你什么都不是。

不要炫耀你的钱，在医院那就像纸；不要炫耀你的工作，你倒下了，无数人会比你做得更出色；不要炫耀你的房，你去了，那就是别人的窝；不要炫耀你的车，你离开了，车钥匙就握在别人手里了。我们唯一可以炫耀的是：自己的健康。

人生在世，不管是做人还是做事，只有不断提高自己的修养，认清自己的位置与价值，才能达到人生的最高境界。

23

时刻提醒自己：我的目标和方向，只有一个。我只做与之相关的事情，其他无关的一切人事物，尽可能地都可以屏蔽。

你要做一件事，如果你处处跟别人说，很多人会以“为你好的名义”来劝阻你。而在做事的过程中，如果你感到艰难，有些人会鼓励你，有些人会趁机落井下石。

生活中，你想戒烟，身边总有人劝你抽烟。你想戒酒，身边总有人拉着你喝。你自己计划自律，总会有朋友要拉着你放肆。真正做大事的人，有必要远离不必要的人事物，专注在自己的目标上。

每一日，做好你该做的事。稳住自己，不急功近利，让事情自然发生。时间到了，浑然天成，最好的结果往往超乎你的想象。平凡即自然，自然即大道。

24

真正有智慧的人，都懂得借他人之手，完成大业。他们也乐意借手于人，成全别人，而不是担心对方超越自己。

最好的关系，一定是彼此付出、彼此成全的，而不是一方拼尽全力，另一方坐享其成。更不是互相制约，彼此局限。所谓幸福，所谓成功，都是建立在合作之上。

伤害别人，有时也是自我毁灭。占尽优势的人，不一定能赢到最后；位居高位的人，不一定能为所欲为。

天与地之间三尺距离，如果想立于天地之间，就要学会低头。低头是一种能力，它不是自卑，也不是怯弱，它是清醒中的嬗变。有时，稍微低头，路更宽、更精彩。人这一辈子匆匆几十年，如白驹过隙转瞬即逝，人间处处皆因果，放过他人，也是成全自己。

25

人这一生，总是在等。等将来不忙了，等下次有时间了，等条件好有钱了……等来等去，等没了青春，等没了机会，等没了选择，等没了缘分，等没了健康……等到最后，等来的是遗憾，等来的是后悔。这一生，有多少人输在了这个“等”字上。

生活的真谛是创造而不是等。因为任何人、任何事都经不起等待。

有钱别省，有福别等，有爱别放，有气别忍，有恨别记。人生别等，该吃吃该喝喝，啥事别往心里搁。

约三五好友，赏花玩乐；携一二知己，喝酒下棋。把握眼下的短暂时光，及时行乐，过快意人生。

26

人的一生，重要的不是我们高看谁，也不是瞧不起谁，而是认清自己。你只有对自己足够认识，才会在这个世界上找准自己的位置，立稳自己的脚跟。

其实，人世间的顶级智慧是能够认识自己，知道自己的重量，既不高估自己，也不低估自己。

人的两只眼睛，可以看世间、看万物，看他人，偏偏就是看不到自己。正因如此，我们总是揪着别人的过失，却放任自己的缺点，看到别人的吝啬，却看不到自己的贪欲。

因此，任何时候都不要忘记，做人一定不能太拿自己当回事。人生最好的状态，便是认清自己、守好内心。

27

社会就像是一个巨大的器皿，为了生活总是渴望扎进去，让自己合群，少一点排挤与排斥。为了合群，会付出很多努力。不愿意、不屑于去做的一些事情，也会为了合群而去做。

其实，每个人都有自己的生活，自己对于生活方式的选择，都是值得被认真对待的。人生在世犹如白驹过隙，如果总是在意别人的目光，背负的会变多，也会活得很累。

人生路上，找准自己的方向，为自己而活就好。为自己而活，不要太在意世俗的目光，想做的事情，及时去做，想要完成的梦想，努力去追求，赢得成功，活成自己喜欢的模样。

28

时光总会把人消磨，每个人都只是行走在人间的萍客，都在将人生的悲欢离合尝遍。

匆匆忙忙间，总有人着急忙慌地往前走，却又总有遗憾，面临选择时，不知未来路在何方。

人生真的很短暂，我们不能保证每一步路都走得气定神闲，但一定要仔细品味，不要慌，不要急。

遇事不要着急慌忙地做选择，“好的围棋都是慢慢地下出来的”，坚持好自己的热爱，不要在意周围人的声音，他们不是你的主人，只是你人生的旁观者。找到适合你发展的活法，并为之坚持下去，才是最真实的。

29

生命不在于长短，而在于活得有意义。所谓有意义的活，就是让生活过到精彩，每个人都要做到为精彩而活。只有这样，才能让自己活得精彩，感受到生命的激情。

人生苦短，我们理当珍爱生命，并让自己的这一生，活出应有的高质量来，选择一种最为闪光的活法，去好好地活。

不管我们的人生之路到底有多长，我们要让这条路处处闪光，我们每走一步，每走一程，都要回首来时路，看这一路上到底洒下了多少汗水，留下了多少精彩。

为自己而活，活好自己，这是一辈子最为闪光的活法。

30

男人要成为真正意义上的高手，不是在于拳头有多硬，而是在于具有多少博弈思维。

努力的人未必能获得成功，而要能把握住关键，才能够使我们事半功倍。很多人非常勤奋，但就是很难成就事业，就是因为他们不擅于把握住问题的关键，费了很大气力，也没解决任何实质问题。因此，善于把握住问题关键，是博弈思维的根本。

我们要善于巧借杠杆以小博大来击败对方，而这里杠杆的支点便是问题的关键所在。是借力打力、以小博大的关键之处。这个办法在历史上不止一次地证明了它的强劲之处，因此对于要成为真正意义上的男人来说，这也是必须要懂得的东西。

31

真正有能力的人，从来不在乎面子。

你要明白，不是因为你挣得了面子才显得有能力，而是因为你有能力才获得了面子。

李嘉诚曾说："当你放下面子赚钱的时候，说明你已经懂事了；当你还停留在那里喝酒吹牛不懂装懂只爱面子的时候，说明你这辈子也就这样了。"

人这一生，如果你放不下面子，你就已经输了。放下面子，放手一搏，才能赢在当下，更能赢在未来。人生早该扔掉的一样东西，说的就是"面子"，越早放下，日子越顺。

面子是浮云，是面具，是遮羞布。只有静下心来，好好打磨你的里子，才能成为那个值得你骄傲的自己。

32

没有谁的人生，是一帆风顺的。几乎每个人的一生中，都会或多或少遇到一些难熬的时刻、难做的事情。熬得过就出局，熬不过就是结局。人生最可怕的事，不是遇到难事儿，而是在难事儿面前，没有方向过早放弃。

可以说，人生中总会遇到几件难事、几个难的过程，熬得过与熬不过，区别是一个天上、一个地下。但是，再苦再难，想要日子过得好，也要坚持下去。

这世上，能走的路，不只有一条，就是没有现成的路，每天坚持走一点，终有一天，也能成为一条平坦的道儿。

当你熬过去、经历过，强硬了自己的铠甲，便会越来越强大。

33

人生最大的悲哀，不是得到的东西太少，而是想要的东西太多。当一个人的欲望太多，烦恼也将随之而来。

世上本无事，庸人自扰之。别活得太复杂，开心了就笑，累了就睡觉，没心没肺，快乐翻倍。

没心没肺的人，并非真的糊涂，而是活得通透。不会斤斤计较，明白退一步海阔天空；不会胡思乱想，知道凡事随遇而安；不被欲望所控制，懂得珍惜当下。

要知道，我们的欲望和烦恼是成正比的，当欲望不断膨胀，烦恼也会随之增多。

心态好，看淡一切，从容淡定，才能活得不累。

34

到了一定年纪才知道，人生就是这样，过的是心情，活的却是心态。

生活中，我们总会碰到不喜欢我们的人。他们的闲言碎语，有时就像是荒原的恶魔，会中伤我们。但是，只要我们闭上眼睛，不在乎别人的评价，就能踏实走好自己的路。

屏蔽掉外界的嘈杂，你咬紧牙关继续向上爬，你每往上一步，就会发现，生活里的冷枪暗箭少了很多。当你屹立山峦，回首望去，从前的嘲笑讥讽，不过都是过眼云烟。

世上的任何事情，都充满了不确定，将自己的期望寄托于别人身上，只会越来越被动。

真正聪明的人永远知道，自己做自己的摆渡人，才是解决问题最好的方式。

35

这个世上，每个人的思维方式都不同，这就导致了不同的人，面对同样的事、同样的处境，结果却不一样。

一般来说，思维层次越高的人，往往越想得开，越看得淡，越放得下，所以往往也活得越好。他们最厉害的地方就在于能够解决复杂的问题，这和天赋、机遇都无关，真的就是一种“知行合一”的能力。

即使面对复杂局面，他们也能找到解决方案，再简单点说，就是具备解决复杂问题的能力，这就是所谓“破局”。

一个人要想活得自在，就要学会放下心中的执念，打破自己原有的思维局限，以一种更豁达的生活态度去生活，从而实现人生的破局。

36

《道德经》里说：“胜人者有力，自胜者强。”

其实，人生上半场总是想战胜别人，而下半场真正战胜的却是自己。

如何才能战胜自己，那需要你一言一行地觉察，发现自身的不足，和自己的浅薄无知做一个告别，才是胜利的开始。

人生在世，理应如此。多一些坚强，少一些软弱；多一些思考，少一些挑剔。不服输，不气馁，在困难中守住己心，实现生命的辉煌。

人生要从自身的问题去思考，实现积极的自我超越，才会战胜自己。

人一辈子，争来争去，唯有沉淀自己，看清自己，战胜自己，才能够实现人生最大的价值。愿你平安顺遂，安稳走好自己的人生路。

37

这世上的每个人，没有谁一生下来就注定一辈子顺风顺水，就算家境殷实，也不敢保证这一生不会遇到坎坷。与其抱怨，不如积极面对。

在未来的日子里，希望你不要抱怨生活的苦，因为这是上天对你的磨难；也不要抱怨生活的裂缝，因为只有生活有了裂缝，阳光才会照进来。

虽然摆在自己面前有很多困难，但一定不要怨天尤人，而是必须默默努力。这个世上真的没有难事，只怕有心人。

让我们努力地燃起生活的希望，努力相信尽管命运把我们放在低点，但它不是让我们去屈服，而是奋斗出一个绝对反击的故事。

38

一个人真正成熟的标志是什么？

所谓成熟，不是世故，不是暮气，不是青春的褪色和梦想的远逝，而是真实自我的发现，对他人的宽容，对责任的承担。

所谓成熟，就是在悲伤时学会沉默。不言苦，不抱怨，忍过了风风雨雨，才能见到人生路上的道道绚丽彩虹。

所谓成熟，就是你能控制你自己，知道自己想要什么，并能自如地朝着这个方向走，是你能控制自己的喜怒哀乐，而不是要别人左右你。

所谓成熟，就是阅尽了世间万千繁华事，懂得了百花掉落情，了解人性，也了解世界；了解人际关系，也了解什么才重要。

39

人生如棋，识局者生，破局者存，掌局者赢。所谓破局，简单点说，就是解决复杂问题的能力。当直觉让我们走入某个困境，只有打破现有的局，才能看到更大的世界。

无论做什么事，固守惯性思维，一路直撞南墙，往往吃力不讨好。当你感到走进死胡同时，要看看旁边还有没有出口。只有随势而变，学会换一个角度去看待问题，面对困局方可游刃有余。

人生就是一个不断破局的过程。你能破多少局，就能有多大的成就。

从今天起，不断升级思维，勇于突破自己的边界，这世间就没有能困住你的局。

40

人这一生应心存敬畏，敬天地，敬众生，敬自己，明白人生之道乃是行有所止，如此，方能自由行走于天地间。

无论是谁，如果什么都不怕，凡事无所畏惧，对天地万物失去敬畏之心，必然会行无所止，失去做人的底线。

自然万物，皆有平衡，增一分则多，减一分则少。对天地心怀敬畏，凡事行有所止，如此，方为人生大智慧。

我们敬畏一切生命，不仅是因为心怀怜悯，更是因为每一个生灵，都是自然界中不可替代的存在，尊重生命，敬畏生命，是行事之本，是做人之根。

我们敬畏自己，方能守规矩，踏踏实实干事，干干净净做人。

41

一个人最好的能力是什么？一个高赞的回答是："遇到事情靠得住，责任面前有担当，信用永远是第一。总结起来就四个字：让人放心。"

一个人如果想要让人放心，一定要有底线、有原则、有诚信。

一个人的底线，就是他的人品。人品好的人，无论走到哪儿都能令人放心。而常常突破底线的人，无论干什么，都难免让人心存顾忌和疑虑。

一个人越有原则，也就越让人放心。因为他既经得起考验，又能抵得住诱惑。

愿我们都能做个有底线、有原则、有诚信的人，因为让人放心才是一个人最好的名片。

42

现在的孩子吃得饱、穿得好，当你给他讲解苦难岁月，他会觉得无法理解；当你忆苦思甜，他却把吃糠咽菜当成是丰富营养。要想培养历练孩子，就要狠得下心，吃得苦中苦，方为人上人，这是换位的前提。

成大事的人都磨难多，只有经历过磨难的人，才有资格享受成功的喜悦。没有顽强忍耐的性格，任何人都永远是脆弱的，经受不起挫败和折磨；只有那些志在成大事者，才能凭着自己的顽强和忍耐实现人生计划。

“苦难是人生最大的财富”。每个人都有那么几次发展的机遇，都有一双洞悉人生的眼睛。为了人生理想，从一无所有开始，慢慢成为一个拥有财富和智慧的人。

43

人生就是这样，无论你身处什么年龄、什么地位，无论你拥有多少金钱、多少权力，无论你付出多少努力，坚持多少时间，都有可能陷入事与愿违当中。

也许，我们必须承认，我命由我，但有时候也由天。逆天改命也许可行，但事与愿违却是人生常态。

我们需要明白：人生的高度，不是你看清了多少事，而是你看轻了多少事。一念放下，便能得万般自在。从此，与事与愿违和解，与自己和解。

人生最高级的活法，是接受事与愿违。如此，我们才能不骄不躁，静待花开，活得自在，活得坦荡。

44

不是每一件事情都需要刨根问底，不是每一件事情都要斤斤计较，活得太过于清醒未尝就是一件好事。

真正聪明的，从来不是那些自诩高傲、自以为是、目中无人的那群人，而是揣着明白装糊涂，明明什么都知道，却又好像什么都不知道的那群人。

生活不只是顺流而下，许多时候也需要逆流而上。一路上磕磕碰碰在所难免，若是时常因为挫折而感到烦闷，那么也会时常错过生活中存在的欢乐。

人不必精于算计，活得糊涂简单，未尝不是一件好事。该放下的要趁早放下，该忘记的要及时忘记，才能更好地迎接更加美好的未来。

45

一个人年轻时发过的誓，做过的梦，也许会因各种原因而放弃，但若从此认输，人生也将失去色彩。而不认输，才是给自己最好的交代。

被嘲笑的梦想，如果不放弃，往往会迎来实现的那一天，让心怀梦想的人得到命运的馈赠。每个人只要朝着目标，坚定不移地向前走，不要停，不要急，终有走到的一天。

不管生活多糟糕，处境多可怕，不认怂不服输，就是回击生活困境最有力的答案，也是给自己人生最完美的释意。

永远不要向这个世界认输，因为你还有更厉害的梦想。

46

好的人生，从来都是慢慢来的，慢慢来更是一种诚意。都说慢工出细活，太快急于求成，一般都不会有好结果。

对于那些着急获取成功的人，可能他们求胜心切，但是这样往往都不会有什么成就。真正的出名，是靠一步一个脚印来实现的。

我们人生不长，但是不能一味求快，太过急功近利的后果，可能会毁了自己。只有懂得慢慢来，看得长远的人方能收获更多的成就。

人生这条道路，道阻且长，需要静下心来，慢慢去做，去感受，去走。希望每个人都可以找到自己的方向，不慌不乱地实现自己想要的。

47

生活，一半烟火一半清欢。人生只愿往后日子清净，抬头遇见都是柔情。半生红尘，转眼已是人生秋季，半身颠沛在过往的岁月里叹息。

人生，一半争取，一半随缘。成事在天，谋事在人。凡事都要先争取，再看天意。不努力，想再多也是枉然。不上进，结局只有倒退。

人生，一半贫穷，一半富有。贫穷，是我们尚未获得的事事物物。富有，是我们已经得到的件件桩桩。

半梦半醒半人间，半痴半聋半糊涂。余生，做个富贵小闲人。一壶清茶一下午，一场好梦在红尘。

48

人生在世，不如意之事十有八九。若是能与事与愿违和平相处，未尝不是大智慧。

人生总是这样，无论你身处什么年龄、什么地位，无论你拥有多少金钱、多少权力，无论你付出多少努力，坚持多少时间，都有可能陷入事与愿违的诅咒当中。

我们必须承认，我命由我，但有时候也由天。逆天改命也许可行，但事与愿违却是人生常态。

我们的人生很长，一时的事与愿违不可怕，那些失去的终将以另一种形式归来，曾经错过的可能在不远的前方重逢。

所以，请一定把眼光放得更长远些，别轻易放弃。

49

俗话说：再大的饼也大不过烙它的锅。人就好像一张大饼一样，未来的人生是否能烙出满意的“大饼”，完全取决于烙它的那口“锅”。这口锅，就是所谓的“格局”。

说白了，就是一个人志向之大小、胸怀之宽窄、眼界之高低。而真正高格局的人，从不在烂人破事上浪费时间！

格局，决定一个人的前程；格局，体现一个人的素养。修炼格局，是每个人一生的课题，遇事往高处站，远处看，少一些纠结计较，多一些自醒自省。

当你的格局变大了，才能开阔眼界，看淡一切，成就美好的未来，拥有辉煌的事业。

50

听说过一个“锅底法则”：人生好比一口大锅，当你走到锅底时，只要肯努力，无论哪个方向都是向上。

这个世界上没有不带伤的人，无论什么时候，你都要相信，真正治愈自己的，只有自己。不要去抱怨，尽量担待；不要怕孤单，努力沉淀。

这个世界不会因为你的哀嚎，就对你手下留情，更不会有人心疼你的遭遇，就帮你摆平一切。身处低谷时，不要打扰任何人，把痛藏好，把嘴闭上。要记住：小孩子才会到处诉苦，成年人得学会自己扛。

人生都是熬出来的，在你最难的时候，你需要熬，熬过去了就柳暗花明，熬不了就只能出局。所以，当你身处人生低谷的时候，必须靠自己熬过去，你别无选择。

也许命运会给自己最低的配置，一定要沉默不语，全盘接受，努力打出王炸的人生。

51

三七定律是中国古代圣贤哲理。它遵循了“物极必反”的规律，因为“万物皆有其度”，超出限度的行为自然会导致事与愿违的结果。

做粥要三分米，七分水；养生要三分寒，七分饱；读书要三分看，七分品；做人要三分糊涂，七分清醒。

无论爱情也好，友情也罢，抑或是亲情，最好的人际关系，都离不开三七定律。有误会了，有矛盾了，三分靠明讲，七分靠默契。那些懂你悲欢、知你冷暖的人，一定是主动设身处地地替你着想的人。

人与人之间最舒服的相处莫过于：我理解你的立场，你尊重我的不同。但尽管如此，丝毫不影响我们的相处，正所谓是三分尊重，七分珍惜。

三分爱自己，七分爱别人，才能够不远不近，长长久久；三分建议，七分界限，才能够心意相通，淡然处之；三分沟通，七分尊重，才能够心中有爱，不离不弃。

人生苦短，愿你我学会三七定律，在外皆欢喜，在家皆圆满。

52

很多时候，我们活得不快乐的真正原因是：既无法忍受目前的状态，又没有能力去改变这一切现状，只能纠结、煎熬、痛苦。

这世上，每个人都会缺一点东西，有人缺钱，有人缺爱，有人缺知识，有人缺平台……人活着，总是难圆满。其实缺，并不意味着遗憾，也不是不完美，而是一种人生状态。

人活一世，即便拥有全世界，又能怎样，属于自己的，不求都会得到；不属于自己的，求也不会得到。

有了起码的舒适的物质生活，再加上愉悦的精神生活，人就可以活得快乐。我觉得这东西一点也不难得到，只要你真的想要。所有那些生活得不快乐的人，归根结底是他并不真想得到快乐。

人，活着活着就老了；日子，过着过着就没了，因此，必须懂得不强求，不妄取，随缘才是好心境。

53

生活中，争的是理，输的是情，最后受伤的还是你自己。争赢了，树的是敌人，拉的是仇恨；争输了，气的是自己，伤的是感情。

一个人不争锋芒，反而会争来明哲保身；一个人不争意气，反而会争来韬光养晦；一个人不争强盛，反而会争来诸事太平；一个人不争功名，反而会争来清净自在；越是聪慧者，越不去争，反而活成最大的人生赢家。

人活一世，不争，是远见，是低调。不争不吵，更是一种人生的智慧，越是智慧的人，越“不争”。不去争那些无用的理、无用的情绪、无用的功利，才能得人生真正的坦然、自在和心安。

其实人的一生只要顺顺利利就足够了，没有必要非要证明自己比别人强大。因为这样做，未必会得到他人的尊重。人活一世，不争才是大智慧，当然，还要尽自己最大的努力。

54

《道德经》说：大道甚夷，而民好径。因为许多人不愿意做个“傻子”，所以总喜欢找近道。但是人生，又哪里有近道可言。

命运从来都是公平的，它不会亏待任何一个付出过努力的人。三十功名尘与土，八千里路云和月。凡是行过的路，都会有相应的风景在路上相候。越是泥泞处，越有莲花开。

“重剑无锋，大巧不工”。真正厉害的兵器都是靠重量，而不是靠刀刃的锋利。越到人生后期，你就越发现，那些靠着小聪明，靠着做事技巧上来的人，往往会越混越差，而那些关注于实力的人会越来越好。

傻，是一个人做事的方法，“傻”人有傻的方式，不急功近利，踏踏实实才不会出错。

55

生活过得不简单、烦恼多的人，大多数都源于自己爱较劲。

爱较劲的人，会失去许多宝贵的东西：感情，自尊，好的心情。

生活中，许许多多鸡毛蒜皮的小事，根本就不值得争个你输我赢。如果非要较劲，最后一定是你赢了道理，却输了感情。

不属于你的东西，求不来；不适合你的感情，留不住。一味地强求，只会践踏自己的尊严，最后把自己弄得遍体鳞伤。

人生，要想活得轻松一些，就不要让自己跟那些不值得的事情较劲，就不要总是揪着一点点事情不放，让自己变得

疲惫了，岂不是得不偿失？人生的许多痛苦都源于盲目较劲。

不与道理较劲，比起一时的输赢，我们更应在意彼此的感情；不与缘分较劲，得之我幸，失之我命，往后还有更好的遇见；不与成就较劲，凡事看淡，不把自己逼得太紧，才能活得自在。

56

真正的高手，往往具有一种超级观察力。一旦具备，没什么能难住你，必为人中龙凤！这种超级观察力，就是透过现象看到事物的本质。

透过现象看本质能使我们看到更多细节，观察到问题的实质，能使我们直接做出判断，从而得到最佳的问题解决策略。

透过现象看本质，需要清醒的头脑，有深刻的分辨力和判断力，要心细如丝，能从事物的蛛丝马迹中探寻到隐藏在后面的事情真相。

要做到透过现象认识本质，就不能道听途说，不能仅仅看到一些局部的、个别的现象，就轻率地对事物的本质下结论，更不能被事物的假象所蒙蔽。

世事洞明皆学问，人情练达即文章，人与人真正的差距，在于洞察力。

57

在这个世上，时间支配了一切。它是毒药，赐予人备受摧残的容颜；它也是解药，抚平岁月的坎坷和人心的伤痛。

时间，让我明白，金钱财富不过是身外之物，名气权势不过是一场美梦。钱再重要，总有花完的时候，名再响亮，总有淡忘的一天。

时间，让我明白，过去再好，回不去，未来再难，得继续。不要在回忆中纠缠，不要在往事中停留，时间不等人，一切向前看。

时间，让我明白，健康才是最重要的。功名利禄都只是浮云，好的身体才是最重要。年轻的时候，只想着赚钱，老的时候，就会付出代价。

时间，让我明白，珍惜身边的每个人，珍惜活着的每一天，生命只有一次，一生只活一回，千万不要委屈自己，千万不要留下遗憾！

58

人和人，别说配不配，一块钱的打火机也能点着一万块钱的香烟。几万块钱的一桌菜，它还是离不了两元钱一包的盐。

如果你的生活以金钱为中心，你会活得很苦；

如果你的生活以儿女为中心，你会活得很累；

如果你的生活以爱情为中心，你会活得很伤；

如果你的生活以攀比为中心，你会活得很苦闷；

如果你的生活以感恩为中心，你会活得很善良；

如果你的生活以知足为中心，你会活得很快乐；

如果你的生活以宽容为中心，你会活得很幸福。

每个人都是平等的，别瞧不起人，各自有各自的快乐与烦恼，才勾勒了生活的千姿百态。

59

这世间的很多东西，都是有限度的，一旦超过了限度，可能就需要自己付出十倍、百倍的代价来偿还。一个人最大的自律：不透支自己。

愚者痴迷于眼前的享受，透支未来；智者取舍有度，懂得“可持续发展”。

有的人，透支自己的身体来享乐。殊不知，为了追求享乐而透支自己的身体，最终，可能需要付出十倍、百倍的痛苦来为当初的“放纵”付款。

有的人，透支自己的身体来赚钱。正如那句话“前半生用命换钱，后半生用钱换命”，为了赚钱，透支后半生的健康，并非明智之举。

不透支情绪，将烦恼踩在脚下，把明媚装在心中，是人生顶级的智慧。不透支自己的感情、精力、心情，便是一个人最好的自律，有时候也只有狠狠地逼自己一把，才能够让自身达到一种真正的自律，获得更多的满足感和幸福感。

虽说“没有钱是万万不能的”，但是，一定要把握好一个度，不能“要钱不要命”。

60

不要去抱怨生活对你不公平，因为生活根本就不知道你是谁。有些人的一生是直达车，有些人却是慢车，中间总要经过许多站，经历许多人。

对待生活的不公平，需要的是理智的行为和宽广的胸怀，并学会换一种角度看待。如果你不想成为失败者，不妨去思考如何更好地接受生活中的不公平。在接受生活不公的同时，要学会挖掘属于自己的东西，而不要再去抱怨或艳羡他人。

生活中的许多不公平是无法逃避的，也是无从选择的，抗拒不公不但会毁了你的生活，而且容易使你的精神崩溃。

总之，在无法改变不公或不幸的厄运时，请试着让自己接受它，适应它。

61

无规矩不成方圆。规矩，是我们必须尊重的原则，是我们必须注重的标准。

啥叫规矩？规矩就是明知错，不去做。分寸感是成熟的爱的标志，人际交往懂得遵守人与人之间必要的距离。

规矩就是有底线，不碰触。一个人，没了底线，就什么都敢干。一个社会，没了底线，就什么都会发生。

规矩就是人品正，不作恶。为人规矩，品行自然端正，就算前路再窄，也能越走越宽。相反，那些一门心思走捷径的人，迟早会断送在自己的心机里。

规矩，表面上限制你的自由，其实在拓宽你的道路。

人离不开规矩，重规矩的人，才能问心无愧活自己；重规矩的人，才能在社会站稳脚跟；重规矩的人，才能一辈子无惧无畏。

62

承蒙岁月不弃，赐我一路荆棘；感恩时光厚爱，赏我颠沛流离。往后余生，我终将百毒不侵，笑容肆意。

不去讨好世界，也不去评论他人是非，做好自己就行，爱谁谁。

别人怎么看你不重要，重要的是我们如何做自己。问心无愧做人，甭管他人怎么议论；踏踏实实做事，甭管他人如何误解。

生活再糟，也不妨碍自己越来越好。每次整装待发的重新开始，都为时不晚。

别羡慕那些看上去很美的人生，大家给你看的，仅仅是他们想给你看的。哪怕房檐和屋梁把生活压得再低，它还是有另一片天空的希望。

按照自己身体的意愿行事，饿的时候就吃饭，爱的时候不必撒谎。找对方向，细水长流，世界上那么多优秀的人，跑完全程就已经很厉害了。

63

人活着，最大的痛苦是活得太明白，又无能为力去改变。于是，便有了“难得糊涂”“知足常乐”的名言警句。

其实，“糊涂”并不是让你真的糊涂，而是一种世事清明，却不去计较的豁达通透。对于无所谓的事，糊涂一点，将更多的时间留给那些重要的人和事。

而“知足”之所以令人快乐，是必须懂得看到自己拥有的东西，而不去苛求无法拥有的东西。

懂得“装糊涂”和“知足常乐”的人，内心装着的便是自己的感受。不值得的人和事，不去计较。难以改变的时候，要看到自己拥有的。

智慧的人，总是七分清醒，三分糊涂。有进有退，张弛有度，方容易感到幸福。

64

有人说：人生如登山，站得高，才看得远。但许多人都只停在了半山腰。要懂得，半山腰总是最挤的，你得去山顶看看。

人生，心胸别太挤，小心眼的人装不进大事情；眼光，也别太挤，井底之蛙窥不见海阔天空。时间，更不能太挤，没有任何事情是一蹴而就，都是循序渐进的。

做人，切莫太急。不疾不徐，才能在事情上做到游刃有余，收放自如；不急不躁，才不会忽略细节，造成损失。

任何时候，任何事情，无论多急，心都不能急。平心静气，将心态放稳，手才不会抖，做事才能稳。

做人，不挤，是格局；做人，不急，是姿态。任庭前花开花落，心中自有云舒。

65

每一个敢于向生活宣战的人，都是真正的勇士。

当你放下面子赚钱的时候，说明你已经懂事了；当你用钱赚回面子的时候，说明你已经成功了；当你用面子可以赚钱的时候，说明你已经是人物了。

当你还停留在那里喝酒、吹牛，啥也不懂还装懂，只爱所谓的面子的时候，说明你这辈子也就这样了。

年轻的时候，我们总觉得面子很重要，看不起那个赚钱姿势不太优雅的中年人。可是当我们渐渐长大，走到他们所在的十字路口的时候，就会明白他们的艰辛与不易。

也许从长大成人的那一刻，我们就该知道这样一个成年人的世界里最为残酷的真相：成年人的世界，真的没有谁比谁更容易。

66

自古以来，真正厉害的人，都是谦逊、不动声色的。他们从不张扬，轻易炫耀自己的成就，只会默默蓄能，静待发光。

真正谦逊的人，即使取得非凡的成绩，在为人处世方面仍然注重自己的修养，身居高位而不狂妄，懂得换位思考，给人如沐春风之感。

真正的强者，都懂得示弱，弱者才会逞强，做没有把握的事。

示弱，不是软弱的表现，而是大智若愚；放低姿态也不是贬低自己，而是一种内在成熟的表现，也是为人处世的大学问。

放低姿态，懂得藏锋守拙，提高格局和思想维度，成就美好未来。

当你学会放低自己，好运也会如影随形，世界也会因你而精彩。

67

人性经不起试探，人心经不起考验，只要诱惑足够大，没有人能真正地坚持底线。永远不要低估人性的阴暗面，否则你会被伤得体无完肤。

你的善良，必须带点锋芒。越来越多的人认同这句话，做人不要高估了人性的善良，也不要低估了人性的阴暗面。

永远不要高估人性的善和低估人性的恶，我们在保护好自己的同时，应尽量播撒善的种子，因为一片荒芜的土地上最容易杂草丛生。

人之初，性本善。性相近，习相远。我们无法论断人性的善恶，但是我们可以以一己之力去引导人向善避恶，勿以善小而不为，勿以恶小而为之。

做一个有棱角有锋芒的善良人吧，懂得用智慧惩恶扬善，在好人那里还是好人，在坏人那里露出自己的锋芒和自己的烈性。

68

人心，是世上最捉摸不透的东西，必须学会不在意，看淡看轻，释怀得失荣辱，看透人心冷暖。

作家周濂说过：你永远都无法叫醒一个装睡的人，除非那个装睡的人自己决定醒来。

凉薄的心，你永远也捂不热，贪小便宜自私的人，你永远也喂不饱。

善良的心地是黄金，慈悲的心是良药，一定把善意留给懂得珍惜的人，把心软留给懂得感恩的人，同时，也要懂得珍惜并感激那些对你心软的人。

不要逢人就掏心掏肺付出，学会与人相处有保留，有界限地与人交往，这样彼此都能舒服。我们应该时刻谨记：无论对方是谁，都没有理由完全包容我们的任性。

69

人这一生，我们都要做个干净的人，守住底线和欲望。跟爱人互相坦诚，这也是人最基本的修养。女人干净是美德，男人干净是人品。

契诃夫说："人的一切都应该是干净的，无论是面孔、衣裳，还是心灵、思想。"人的一生，生如草芥，死如蝼蚁，不一定要声名显赫，但要活得干干净净。干净是一个人最好的品质，也是一个人最好的修为。

再动人心魄的爱情，都有平静的一天，进入婚姻后很容易变得疲惫，我们需要做的是经营，创造条件让感情保鲜，比如一起跳个舞，或者看场电影。

爱情的美好，在于彼此是对方的唯一。两人把余生捆在一起，把生活交给对方，建立极深的信任，共同经营着一个家。忠诚是家的底色。

希望所有人都能珍惜自己的感情，和另一半好好经营自己的人生，做个干净的人。

70

人的一生，一路走来也不过就是：熟悉的陌生了，喜欢的离开了，失去的释怀了，走着走着，就只剩下回忆与不甘了。

这个世界上，有些事情真的不是努力了就可以做到的，所以如果不能得偿所愿，那就但求无愧于心，尽人事听天命，一切顺其自然。

人生中出现的一切，都无法占有，只能经历。我们只是时间的过客，总有一天，我们会和所有的一切永别。

无论做什么，无论什么时候，都要有一个好心态，把心放宽，把事看淡，随缘的人生才不会纠结，不纠结的人生，才幸福。

所有的遗憾，都是成全；所有的失去，都是偿还。

71

你人再好，又怎样？也不是人人都喜欢你，遇到不喜欢你的人，你的好心都是假意，解释再多，也是徒劳无功。学会沉默，方能图个清静。

人生就是这样，不要天真地以为，只要自己足够好，就能得到别人的珍惜，遇到了那些不怀好意的人，不管你怎么样的好，他们都看不到你的好。

做人，无须解释。你的真，无须别人评说；你的好，无须别人指点；你的善，无须别人质疑。只要自己问心无愧，就能活得无愧于心。

很多事情，无须解释。只要问心无愧，何必枉费口舌，何必耿耿于怀。我们唯一能做的，就是尽心尽力做好自己的事，走自己的路，坚持自己的善，静静过好自己的生活，活得心安理得就行了。

人生最好的活法，就是用闭嘴远离祸事，用不解释换来安宁。

72

幸福的家庭都是相似的，不幸的家庭各有各的不幸。生活总会有犯错的时候，在不幸的家庭那里，总会选择一味地指责、挑剔。

千万要知道：家是讲爱的地方！一个家，最重要、最珍贵的不是一时对错，而是真情。

犯错，谁也不想的，已是既定的事实，无论怎么指责，也无法挽回的。重要的是要懂得如何避免再犯同样的错误。

当错误发生后，若只顾倾泻自己的情绪，而没有想到对方心里其实也在懊悔、自责，结果只会是火上浇油，对解决问题没有帮助。

遇事不责备，遇事多宽慰，才是关系的保鲜剂，感情才能更深厚绵长。

73

睡觉，乃人生头等大事，直接影响着我们的身体健康和人生运势。《黄帝内经》有言："夜卧早起，无厌于日。"一夜睡好，精神百倍；彻夜无眠，疲惫不堪。

我们的身体，好像一台机器，一味地高速运转，不停歇，时间一长，会出现毛病，最终报废。而不懂得休息的人，最终会拿出更多的时间去看病，甚至付出更多惨痛的代价。

因此，无论是因为任何原因熬的夜，都是在用自己的生命开玩笑。

调整生活节奏，用积极放松来替代消极放纵，让你随时充满能量。别再只顾得埋头努力了，真正高效的人懂得为休息赋能。休息时尽情放松，奋斗时竭尽全力。短暂的放松与休息，好似你梦想旅途中的驿站，学会在这里释放压力，才能更好地出发。

睡好觉，不仅能让我们活力满满地过好每一天，更能让我们更好地谋划属于自己的未来。

睡觉，睡好觉，是一种能力，是对生命的敬畏，更是人生的历练。

74

人这一生，不怕大起大伏，只怕心不能定。

如今的世界确实有些喧嚣嘈杂，各种信息一股脑儿地向你眼前涌来，各种言论争先恐后地想要占领你的脑袋。

在干扰与诱惑面前，用一段相对完整的时间专注地去做一件事似乎都变得难上加难。真想“静一静”，关键在于增强自身的定力。

“非宁静无以致远”，世界愈是熙熙攘攘，心静才愈能彰显力量。所以，别再焦躁着怒吼“我想静静”，多向自己的内心寻求定力，才能真正地强大起来。

真正厉害的人，都拥有自己强大的定力，这是一个人成事的关键。

75

每个人都在努力争取一个完满的人生。然而，自古及今，海内海外，一个百分之百完满的人生是没有的。所以我说，不完满才是人生。

生活永远就是那么简单。拿起一样东西是幸福，丢掉一样东西是另一种幸福。

人这一生，圆满是你的左手，残缺是你的右手，两手一起发力，才能拥抱一切。做错的事，不必太纠结，改正就好。人生本来就是一边成长、一边学习的过程，太完美的人根本就不存在，不要太难为自己。

人生匆匆，光阴荏苒，与其在不快的泥潭里不能自拔，不如从伤害自己的境遇中解脱出来，把握好分分秒秒。认识自我，超越自我，就能成为自己的主人。

“尽人事而听天命”，永远保持心情的平衡。

76

人生这一场旅途，走着走着，就明白了，人生的每一刻都在发生变化。

时间首先教会你慢慢地明白，没有谁会一直在原地等你。

你也千万不要在原地等待，世界是变化的，人也是在变化的。你如果一成不变，到最后，所有人都会离你而去，只剩下你独自一人，孤独地站在那里，遥望前行的人。

所以，人总是会变的，我们要珍惜那些时光，也要懂得身边人的珍贵。人总是会变的，你不变，就追不上这个时代；你不变，就注定要被他人伤害。但无论如何，请保持好自己的初心，不要让在意你的人寒心。

在你最成功的时候一定要给自己敲一个警钟，要明白成功的来之不易，也要明白失去后你会摔得有多惨。

77

在这个薄凉的人世间，谁不曾被人生的风雨席卷？谁不曾被生活的烦忧包围？人生的风雨中，我们曾经沮丧过，也曾经哭泣过。但最后我们都逐渐学会了坚强，再大的风雨，也不再迷茫。

生活的琐碎中，我们也曾无奈，也曾无助，但最终我们与生活握手言和。失去的选择了放手，看不习惯的选择了顺其自然。

因为我们坚信，唯有自己足够强大，才能为自己撑起遮风挡雨的伞。

但最终我们必须选择坚强面对，砥砺前行；最终我们必须选择淡然释怀，学会与一切握手言和，不强求，不将就，在时光流转中，淡然地释怀一切恩怨。

78

人生之常态，多是“心不平，意难平”，难平的不是人，而是心。世间之百态，多是“人已醉，事已过”，已醉的不是人，而是世事。

人心不平，在于遇到恶人可又无能为力。人心愤怒，在于遇到琐事却无力清除。这不仅是生活的常态，也是社交圈子中的必要经历。

世上之事，其实有因就会有果。和“心不平，意难平”的恶人计较，只会伤了自己的手脚；和“道不清言不明”的琐事较劲，生活的最后也就被“垃圾”所包围了。

对于那些“心难平”的人和事，自然会有比他们更“高明”的人去教训他们，这是必然的。正应了那句老话：“因果循环，报应不爽。”

79

人这一生，永远不要弄破一样东西，那就是信任。信任是什么？信任就是你拿枪打了我，而我依然相信只是枪走了火。

信任是什么？信任是人和人之间的桥梁，通过这座桥，可以触碰对方的软肋。

信任是什么？信任是心和心之间的窗户，打开这扇窗，可以知晓对方的心事。

信任是什么？信任是你在我身上设的赌局，赌注是最贵的真心实意。

信任是什么？信任是这个世上最坚硬的东西。我信任你，别人在我耳边说什么，我都不怀疑。即便全世界都猜忌你，我也会挺你。

不要欺骗信任你的人，爱人也好，朋友也好，家人也罢，他们都是这辈子我们身边最珍贵的人。

80

一个普通人最正确的活法，应该是踏踏实实、本本分分。

世界上最快的捷径，就是不走捷径；世界上最好的投机，就是不搞投机；世界上最高的回报，就是脚踏实地。

世上从来没有不劳而获，唯一可以不劳而获的只有贫穷。确实如此，人生，若是拉远了看，它必然遵循一条法则：一分耕耘一分收获。

在这个世上，从来没有天上掉下馅饼的好事，也从来没有什么坐享其成和不劳而获，幸福的生活唯有靠自己勤奋劳作才能获得。

所谓功不唐捐，就是努力做好每件小事，不经意突然回头，却发现自己无意中做了件大事。

出身平凡的我们，长相平凡的我们，最应该做的事情，就是去做那些付出了就会有回报的事情。

81

现实生活中不乏好高骛远者，他们往往对琐碎艰苦的过程毫无兴趣，但却又着眼于无比高远的人生目标，臆想着“头戴皇冠”的闪耀时刻，贬低平凡的工作而又最大化工作中的困难，终日喊苦喊累、满腹牢骚。

一个人心中有追求，就像射箭瞄靶一样，目标明确、凝

神聚力，才不至于无的放矢。

每一次追求的过程都是无比宝贵的经验，目标的完成也有助于成就感和自信心的获取。

但凡事都需要适可而止，不切实际般的好高骛远只会让我们丧失鉴别力，最终在攀比烦躁中迷失自己。

做人恰如其分，是人生的最高境界；做事恰到好处，是人生的最大学问。

82

人的幸福，全在心的幸福，生活的苦乐更多取决于我们的心态。

我们之所以活得太累，是因为能左右心情的事情太多：人情的冷暖、能力的多少、责任的大小、钱包的厚薄……

其实大多数烦恼和痛苦，都是自己和自己在较劲，甚至有时候不过是一些不起眼的小事，也能让内心如烈火烹油般翻滚。

可谁又不是在失败和试错中成长，和自己和解，才是好好爱自己最大的诚意。

遇事不钻牛角尖，坦然接受生活中的鸡毛蒜皮，才有云开雾散后的诗和远方。

人生苦短，我们一定要好好爱自己，别把烦恼往心里藏，学会自己哄自己开心，幸福才会靠近你。

83

请你永远记住：越想被人羡慕，就越是活得辛苦。只有极致的拼搏，才能配得上极致的风景。

平步青云终是侥幸，厚积薄发才是人间正道。所有的所谓成功和奇迹，追根溯源不过都是脚踏实地的努力。

你付出的每一次努力，跨出的每一步行动，命运都早已帮你暗中做好了标记。很多时候，真正的生活亦是如此。

在未来的某一天，当你回望走过的路时，就会发现：人生没有白走的路，一切无心插柳其实都是水到渠成。

星光不问赶路人，时光不负有心人。在花开绽放之前，你必须一个人在黑暗中走很远很远的路。但请一定要相信，上天绝不会辜负任何一个拼尽全力的人。

84

过去的事，该忘记就要忘记，这样今天才能快乐。不管是过去开心的事情，还是烦恼的事情，都已经是昨日之事，就不要活在过去，纠结来纠结去了。

每个人，每天最幸福的就是不用操太多心，只有那些整天奔波劳累的人，才知道无事是一种福气，爱操心的人，永远不会体会到这种轻松的感觉。

很多人总是容易在生活中患得患失，为过去的所作所为

后悔。如果总是活在昨日不能出来，便从此不能往前走，不进则退。

过去的已经过去，再怎么操心都无济于事，只有抓住当下，才能投入新生活，才能真正体会生活的幸福所在。

85

生活中，许多人都有过类似的经历：好吃的东西总想留到最后，结果留着留着，不是过期了就是变味了；喜欢的衣服总要等到重要的场合才穿，结果等着等着，不是过时了就是尺寸不合适了。

在乎的人也是如此，总想着等待最佳时机好好善待，最后，要么错过了，要么失去了。

人最糟糕的习惯，就是好东西宁可留到变坏，也不愿立刻享受。

必须知道，任何东西都有它的期限，错过了最合适的时间，只会留下困扰和可惜。

幸福就像冰激凌，拿在手里的时间就那么一会儿。在融化之前，把它吃掉吧。幸福短暂，美好易逝，今天的舍不得，只会造就明天的不快乐。

86

世界上有两种痛，一种是永远得不到，另一种是失去了再也回不来。

生命来来往往，有些人，现在不珍惜，以后就没机会了；有些事，当初没做，以后就来不及了。

拥有的时候，总觉得日子还长，却不知岁月不居，世事无常，没有来日方长，只有时光匆匆。

每个年龄，都会有不同的美好所在，该享受的时候，不要再去犹豫太多，活在当下，才是最轻松自在的生活。

人生不易，不要再去为难你自己了，好好享受，也是对自己的一种善待。

岁月经不起蹉跎，人生经不起等待。把握好生命的每一刻，该干嘛干嘛。一定要记住：别把最好的留到最后，你能把握的，永远只有当下这一刻。

87

这世间，本就是各扫门前雪，各人有各人的隐晦和皎洁。说的是，在这个世上，每个人都有自己的世界，自己的感受和烦恼只有自己能懂，也只有自己能去处理自己的事情，每个人各自都有内心中的伤痛不想告诉别人，同时内心中也有美好的期望。

大家都习惯站在自我的角度去看问题，可每个人的人生际遇都不一样。

你认为是对的，是适合自己的，并不一定就是别人需要的。人生如逆旅，你我亦是行人。

在这缤纷的世界里行走，是人生的际遇，亦是人生的修行。从没有万事顺遂的人生，也没有百般如意的生活。

人生没有固定的标准和模式，我们不必为世俗世界观而活。并非所有人都要过得千篇一律，也切莫轻易评判旁人的选择。

过好自己的日子，不对别人生活指手画脚，可能是这个时代里最被需要的教养。随缘而安，随遇而安，坦然地面对人生，哪怕满目荆棘，也从容地前行。

88

成年人的世界里，都是不想认命、不愿服输的可怜人。

谁都不容易，不想认命，那就只有拼命。有一句话说得好：人生到处都是真苦难，假欢喜。生活，在别人眼中就是轻松容易、唾手可得的事。只有自己才知道，看似轻松容易的生活，有多么的不容易，背后藏了多少的创伤和沧桑。

人生就是一个不断克服困难、打怪升级的过程，若你选择安逸、认命，就会陷入其中，不得前进；唯有拼尽全力，方能成就自己的人生。

纵使人生再艰难，生活再不容易，也别放弃，拼命才会有希望。愿你的人生更精彩！

89

一路走来，我不优秀，但我善良不虚伪；我有话直来直去，做事坦坦荡荡。我不聪明，但我肯定不傻；很多事，我都能看明白，只是不想说而已。

因为人太聪明了会很累，有时糊涂一些更快乐。我喜欢真实的人，不挖苦，不讽刺，不玩心计，真诚地对待。

任身处喧嚣之地，任心在红尘飘零，总有一处安宁之地，才能得到最终幸福，终有归宿。

我不喜欢勾心斗角，不喜欢被算计，不喜欢假假的友情。我喜欢简单的人、简单的事，每天简简单单地过日子。

庆幸，即使过着这样尔虞我诈的生活，仍然有我似命珍惜的朋友，依然有志同道合的朋友。

90

生活，不是件简单的事，没有太多的一帆风顺，也没有太多的心想事成，有的只是些随时可能的“碰壁”……

生活，没有什么大道理可言，过日子，就像是一种心情，用好的心情去生活，累也不说累，苦也不言苦。幸福，或许正是体现在这“不说累”和“不言苦”当中……

生活，总是两难，再多执着，再多不肯，却也不得不学会接受那些，渐渐地不再纯粹。从哭着控诉，到笑着对待，到头来不过是一场随遇而安。

生活是自己的，你选择怎样的生活，就会成就怎样的你。与其抱怨这个世界不美好，不如用自己的努力争取更多的美好和幸运。

91

人生实苦，每个人都有自己的不容易，承载着旁人无法触及的心思，承受着谋生之艰辛、谋爱之煎熬，让人疲惫。

你可记得，自己有多久没睡过一个好觉，有多久没吃过一顿可口的饭菜，又有多久没出去走一走，或是安安静静看一本书了……

也许某一刻你会因失业、失恋，为生计发愁而想逃离这个世界。

但请你别放弃，成年人的世界本就没有“容易”二字，每个人都在负重前行，你终究要学会和痛苦和解。

如果累了，就跟生活请个假吧！清苦的生活需要自己加糖，太累的身心需要自己放假。

去好好睡觉，去好好吃饭，去好好读书，去好好看一看祖国的大好河山。

你会发现：人间值得！

92

每一条河流终究都有流入大海的机会，每一个人终将会扛起新的希望。

在人生的这条路上，坚定而又自信地迈着步伐，一步两步，步步登天。

辛酸、痛苦、迷惘、苦恼……所有的一切我们都深深体会过，这些年来走过的路需要用自己的脚去丈量，需要用自己的手去拨开这漫天的迷雾。在困苦与煎熬中磨炼自己，使得自己变得如同钢一样坚韧顽强，靠着自己的力量去化解一切。这，才是最真实的人生。

没有人是我们这一辈子的依靠，也没有人能让我们依靠一辈子。你，不是皇子，也不是富二代，唯有靠着自己才能走出一条属于自己的路。

犹如海燕一样，飞行在人生的惊涛骇浪之中。挺住吧，最可爱的我们，这个世上没有过不去的坎，只有不肯跨过去的沟。

93

在我们生活中总是会碰到各种各样的事情，开心的、忧愁的、难过的……

人生之事更是十有八九不如意，所以我们常常会感叹太不容易了，偶尔也会感觉这一辈子真是苦多甜少。

别总是感觉自己不容易，认真地去想想谁也不容易！所以，我们要摆正心态，积极面对人生，对待各种挫折要坦然面对，对待生活要顺其自然，随遇而安。

坚信，再苦再难的日子，也总有个尽头；坚信，只要不放弃，就总有出头的日子；坚信，老天不会一直把他们泡在苦水里；坚信，自己也不会一直都那么背运……

有了这份坚信，有了这份坚持，苦难的日子里总有些温暖在荡漾，总会有阳光把黑暗照亮。

94

做人，心太直了，会把人得罪；爱管事了，会引火上身；太计较了，会遭人远离。只有学会装傻一点，才能与人和睦相处，这才是最聪明的活法。

做人，就要懂得装装傻，不该说的话不要说，不该管的事不要管，不该争的理不要争，这样，人傻心不傻地活着，才能让自己远离是非。

做个傻子，挺好！不去占人便宜，口碑更好，不去抢人利益，合作更多，有时候傻傻地给别人让利，表面上是吃亏了，但却能赚来更多的生意。

从今天起，做个聪明的傻子吧。对金钱名利不争，对流言蜚语不理，对是是非非不管，这才是最聪明的活法，能轻轻松松过好日子。

95

人生，就像赌局，处处都充满诱惑。在这个五光十色、光怪陆离的社会，我们要时刻守住本心，不忘初心，才能做到全身而退。

回顾往昔，有多少成功人士都是因为抵抗不住诱惑，马失前蹄，一败涂地；而能在浪潮中，守住方向，保留初心的人，往往可以笑到最后。

面对“赌场”里诱人的筹码和看似高回报的回馈，我们要懂得“收手”，留住内心的清净，保持头脑的清醒，别让诱惑骗走了你自己所有的人生筹码。

没人会一直输，也没人能够一直赢。这次输了，努力一下，在下一个路口赢回来。

96

常言道：傻人有傻福。但事实上，“傻”人不傻，吃亏是福。我不傻，我只是不想计较。聪明的人都知道装傻，愚蠢的人才会去较真。

人啊，争什么，求什么，夺什么？我们所拥有的一切，哪一个是自己的？钱，是流水，来来又去去；房子，是土地，生来带不去，死后带不走。

真正聪明的人，守住自己的心，做个厚道之人，看人长处，帮人难处，帮人帮己，必有好福。看似很傻，其实比谁都聪明，算计再多的财物，也不过是身外之物。

人在做，天在看，一切自有因和果；计较长，计较短，都给自己找麻烦。与其每天患得患失，没有好心情，不如心安理得，做个不计较的有福人。

有了好心情，好运常相伴。我不傻，我只是不想失去好心情。

97

汗水浇灌过的荆棘终究会开出耀眼的蔷薇，再大的困难和再多的不堪，也会随着时间一点一点地被冲刷殆尽，那些面对未来的迷茫和不安终将只会成为我们回忆这朵玫瑰已经凋落的花瓣。

世界上大多数人都是碌碌无为地度过平庸的一生，只有极少数人能够守住初心、坚持自我，也正因为这样的人是少数人，因此每一步都走得尤为艰难。

人生里有价值的事，并不是人生的美丽，却是人生的酸苦。过去只是经历，现在是尝试，未来才是期待。生活不会自动为你铺路，我们需要踏踏实实去奋斗，才能得到你想要的幸福。说到底，你渴望的生活，只有自己能给得起。人生没有等出来的辉煌，只有走出来的美丽。

98

生活不只是诗和远方，还有责任和担当！

涉世未深的人常常希望有人能够体恤自己理解自己，期望所处的圈子干净透彻，没有太多利益纷争。

在生活中摸爬滚打，经历过命运毒打的人，就明白人与人之间的维系并不仅仅靠感情，更多的是靠利益。

永远不要奢望这个世界上会有第二个人真正能够了解你，懂得你的难处，体谅你的苦楚。每个人都自顾不暇，又怎么会有闲心去管你的喜怒哀乐。

人生的最好状态，就是活出自己喜欢的样子，抛开那些让人烦恼的人和事，活出精彩的自己足矣。

99

真正的蠢人，在说话时往往有一个臭毛病，若不注意，必然祸从口出，这个臭毛病就是揭人之短。

相信谁都不喜欢被人揭短。因为朋友之间互相揭短，就会成为仇人；恋人或者夫妻间互相揭短，就会伤到彼此的感情，最后形同陌路。

人生苦短，谁都会有不堪回首的往事，也都会把伤疤掩藏在心底，不愿让人触及。此时，看破不说破，便是一个人最大的善意。

打人不打脸，揭人不揭短，与人留面子，也是在给自己留余地。人生在世只有远离言语中的是非，不揽曲折事，并以口守心。如此，才能体面又善良，逍遥有福气。

100

世上没有一条道路是可以直达终点的，永远保持思维灵活，做事遇到困难，看似已经无路可走的时候，不妨转换下思维，换个方向再试试，说不定又能看到新的希望。

没有过不去的坎，只有不会转的弯。其实，每一次转弯，都是一次新的机遇，机会也往往藏在这些勇于改变的人身边。

今日的辉煌并不能代表一生的辉煌，今日的困境也并不能预示着会一生低谷。

低谷时迎难而上，拥有向上的心；辉煌时放低姿态，清空自己，只有这样才有勇气面对不同的人生。

人生不存在死路，走不下去的时候，换个方式继续过自己精彩的人生吧。

101

人生于这个世界中，都要受自然、社会环境的约束，人不能太张狂，否则违背了自然、社会和谐规律，不被人收拾，天也会收拾。

在这个世界上，比我们厉害的人数不胜数，他们大多就潜藏人群中，毫不起眼。所以，我们做人要懂得谦虚，不要到处吹捧自己，班门弄斧，以免落人笑话。

人在这个世间，要学会和周围的一切和谐相处，只有这样，才能达到和谐共生。不把天地万物放在眼里，一切以自我为中心的人，人狂不收，天必毁之。

得理也要饶人，做人要给自己留条后路。以平和的心态去对待问题，以谦卑有礼的态度去对待他人。

102

人见利而不见害，鱼见食而不见钩，这样的人当利益大到一定程度时，甚至愿意违背法律道德，做出伤天害理的事情。

但是人世间许多的事情，都是利害相连祸福相依，最后因为贪念走上不归路的不在少数。

贪心不足蛇吞象，别总是期待天上掉馅饼，别老想着一步登天，别做事就想一成而就。

路都是一步步累积走出来的，想要的得到只有付出努力才行。

人啊，知足才能常乐。人生啊，不积跬步无以至千里。

一个人得到人世的便宜，终究还是会吃天道的亏。失败皆因贪，世间万物都有定数，种什么因结什么果。

103

人生就像白水加点糖就会有甜，加点盐会有点咸，加什么不在于别人而在于你自己。你若能放宽，把一切都能看淡，啥事都能解决。

叶子的离开，不是风的追求，也不是树的不挽留，而是自然的选择。花开花落，天道轮回，该来的会来，该走的会走。

人生很短，你要习惯人与人之间的忽冷忽热，看淡人与人之间的渐行渐远。换了时间和空间，总有些人要擦肩。

经历过世事就会明白，已经过去的每一天都不能再重来，不管自己怎样不舍，我们都只能挺起胸膛，勇敢地继续向前走。

104

人生总免不了经历一些突如其来的苦，但也总有很多恰到好处的甜。你要相信，所有的事与愿违，或许都是惊喜的铺垫；所有的坚持不懈，终将得到岁月的奖赏。

生活就像一面镜子，你对它笑，它就对你笑。所以爱笑的人，运气不会差。

跌倒了不要紧，拍拍腿上的灰，给自己一个鼓励的微笑。要知道，看清生活的真相却依然热爱生活的人，终会被温柔以待。微笑的你，明天依然是“105℃”的可爱。

也许你现在做的事情，暂时看不到成果，但不要忘记，树成长之前也要扎根，也要在漫长的时光中沉淀养分。

2021，要相信继续坚持下去，那些你暗自努力的时光，终会照亮你前行的路，让你拥抱星辰大海。

105

莫言说过一句话：世界上的事情，最忌讳的就是个十全十美，你看那天上的月亮，一旦圆满了，马上就要亏厌；树上的果子，一旦熟透了，马上就要坠落。凡事总要稍留欠缺，才能持恒。

其实真的是，人生不必太圆满，太圆满了，反而不美，因为水满则溢，花满则谢，人满则损。

只有将满未满，才是人生最好的状态。

话说七分满，即是良言，既给了别人台阶下，又能体现出自己的修养，还能促进彼此的友谊。

事不做绝，给人活路便是多给自己一条生路，给予别人方便就是给予自己方便！

追求有度，明确自己想要的与不想要的，才会让你飞得更高更远，才会让你活得轻松、活得精彩。

106

不求，所有的日子，都泛着光，只愿每一天，都承载着健康，浸润着温暖。

我们总是为了遥不可及的东西去拼，却忘了人生真正的幸福不过是灯火阑珊的温暖，柴米油盐的充实。

那个憨态可掬、大智若愚的文豪——东坡，他一生一贬再贬，烦恼怎么可能没有，可他在这无尽的宦海沉浮中渐渐学会了接受现实。

他纵酒高歌，卷起衣袖，既下田间，也入厨房。东坡鱼，东坡肉，难以想象一个仕途不得志的诗人，竟然可以将自己的人生过得如此潇洒！

懂得珍惜时间，在美好的光阴中，去爱身边的人，爱这个鸟语花香、彩蝶飞舞的世界。

107

古人云：人生七十古来稀。新年龄分段：60 岁至 74 岁为年轻老年人。那我这个古来属稀，现为年轻老年的人，此生就只剩下两个阶段，一个是回忆，一个是余生。

在过去的时光里，我已经尝过了生活的酸甜苦辣，经历了世间的风风雨雨，成为一个真正合格的成年人。

这几十年来有欢乐也有苦痛，有迷茫也有坚定，我奋力地奔跑过，到了如今一切也算是尘埃落定。

关于余生，我发狂时喊过：向天再借五百年；悲观时觉得：一口气上不来，五天都是幸运。五百年也好，五天也罢，总需要为自己的未来做出打算。

首要对自己有足够的信心，相信自己这几十年来的辛勤付出，都会带来正向的回报。以前没能做好的事情就把它放下吧，让它留在记忆里，随着世间的长河冲向过去。

其次做事需要更加小心谨慎，在力求稳妥的基础上乘胜追击。现在拥有的一切都来之不易，一定要且行且珍惜，不要被虚名浮利遮蔽双眼，而看不清脚下的珠宝黄金。

往后的日子，我要努力做到不争不抢不炫耀，静守己心，坚持自己的理想与信念，真正让自己的内心世界变得充盈。已经没有时间可以让自己挥霍浪费了，要改变自己的心态，试着回归安静的生活。

108

努力踮起脚尖，为的是让自己显得更高，却不知连走路都在摇摇晃晃，随时都会跌倒；拼命炫耀自己，为了“出类拔萃”，却暴露了自己的无知，成为别人的笑柄；喊着口号前行的人，为了超越别人，却落后于别人。

所以说，稳，是做人的高级智慧。稳，是做人的王道。稳，是人生最快的捷径。

稳中求进，强大而不张扬，内敛而不卑微。进可攻，退可守，是人生大略，否则，会伤害自己。太过锋芒毕露，往往会遭人嫉妒，遭人排斥。

想要拥有“稳”这样的智慧，必须学会相机而动，掌握两种办法——以守为攻，以攻为守，有分寸，有底线。

109

无能为力的事，“当断”！不是所有事情都能人定胜天。很多时候，你只能眼睁睁地看着事情发生，而你无能为力。与其继续纠结，不如轻装前行。

人生不如意，十之八九。心中的有烦恼、有不甘、有贪欲、有执念，不能放下，也就不得解脱。

人生大部分的焦躁和烦恼都来源于绳子没有断掉。这根绳子，有的是名利，有的是情缘，有的是执着。只有丢掉这根绳子，人生才能重获自由。

心里时刻想着，只能让人越来越乱，被糟糕的情绪控制。往者不可谏，来者犹可追。不要沉浸在懊悔遗憾之中，放下过去，才能拥抱未来。

110

人到中年万事休，醉心于平淡生活，寻找着简单的需求，在平淡如水的日子里，找到一种适合自己的方式，更是难得。

无论生活怎么对待我们，人生的梦想和目标永远是自己前进的方向。人生应该永远有梦想，敢于去梦想，才有希望。

我们想要的生活，不过是安稳的住所，菜根有香。守候一方天地，日升日落，过自己想过的生活，自由自在，自得其乐。

人活着就要担负起自己的责任，不只是活着那么简单，更要活得有奔头，有滋味，也要有目标。

让自己每一天活得都踏实，竭尽所能做人做事，无愧于天地，才是最好的人生。

111

人，一旦没有钱，体验过失败和贫穷的滋味，便会看透生活中的种种。

人，穷过，才会活透，才会看透生活和人情冷暖。穷的时候，会知道谁是真正的朋友，能看清更多的人。人在低谷，也能看清自己，能正视自己的缺点，选择合适的时机选择转弯。

在你没有钱时，如若你的身边，还有一直鼓励你、帮着你的人，那才是纯粹真挚的感情，最值得你用心去珍惜。

人一旦没钱，便会看懂生活有多么的不容易，也会终于懂得，人活着，只能靠自己。

这个世界上，没有一直穷下去的人，有的只是懒惰无知的人。

112

最好的人生，往往不是去追求多少高光时刻，而是努力让自己开心，让别人放心，让家人安心，将平凡的日子过得有声有色。

人活于世，无须强求他人的理解。每个人都有各自的活法，无须向别人解释你自己，更不必强求他人能感同身受。当你落魄之时，你的满腹牢骚，只会成为人人害怕的毒药。

人活于世，不必在意别人的眼光，这世上本就众口难调。你再优秀，在嫉妒你的人眼中，不过是走运；你越善良，在讥讽你的人眼中，也不过是惺惺作态。

人活于世，要让自己开心，除了修炼自己心胸，提升自己的格局，无惧别人的眼光，坦然接受命运的馈赠，最重要的是，学会取悦自己。

113

喜欢有始有终、井然有序地生活。对于不可控事件，尽早结束，哪怕有利可图。不喜欢耗费心力的拖沓和时时提防。

喜欢明快磊落地前往，适时收手，有备无患，整理好自己，停止对抗。始终觉得，干脆，是良好的个人品质。不拖泥带水，快刀斩乱麻，果决清楚，明晰了当！

喜欢每一天，都有一场行走。每一天，都有脚印细数的光阴，这个世界，不是谁都能体会到心闲气静的美好。

偏安于自我的一隅，看似不食人间烟火，却丰富的安静。人生的胜景，不在高处，不在远处，而在心安处。在平淡中相守，在简单中拥有。

114

人是靠希望活着的，哪怕是渺茫的，只是一朵微弱的星火，也能给暗夜里的前行者无限的动力。

人是靠希望活着的，只要希望在，哪怕是跌到最深的谷底，也会充满着爬上来的勇气；然而，希望要是没了，就算是到了山顶，也会对人生感到绝望吧。

生活是一个磨人的熔炉，生活的琐事、烦心事就是那些慢慢磨掉激情和斗志的小石头，它们让人逐渐觉得希望在变得越来越远离、模糊、缥缈，直至失去了希望。

给自己的人生设立一个目标，给自己未来一个明确的希望，给自己的生活一个方向灯，让自己围着这个方向而努力，不断去超越自己。

115

你吃过的盐比我吃过的米还要多，你走过的桥比我走过的路还要多。言下之意，你年龄比我大，见识多，有着丰富的人生阅历，然而，有些事，你，或许永远也不会懂。

吃过的盐比他人吃过的米多，年长者就行。但人的认知不会因为年龄的增长而增多，与吃过的盐无关，与吃过的米也无关，它与知识的积累有关。

人生的道路上，你不积极思考，你不去认真学习与领悟，你能看到的也仅仅是路和桥，你很难洞悉路与桥中的精髓。

真实的感悟，真实的历练，真实的知行，才是吃米多、过桥多的价值。

116

人最纠结的是“得不到”和“已失去”。失去的东西，有必要去追讨吗？

佛说：人生本过客，何须千千结。失去的东西，其实从未曾真正地属于你，不必惋惜，更不必追讨。

失去的已经失去，何必为之大惊小怪或耿耿于怀呢？懊悔、痛惜都不能让失去的东西回来，也不能感动上苍，后悔和计较只会加重悲伤，甚至还会失去更多。

人生失去的机会总是会比得到的机会多，成功者与失败者的区别就在于面对机会失去时的态度。重要的是，得之惜之却不喜，失之受之却不悲。

活在现实里的人们学会接受现实虽然有时是无奈的，但是最明智的。

117

很多时候，我们觉得生活很难，但这世间所有的苦难，往往都是虚惊一场。只要熬过去，一切都是新的开始，往好的方向发展。

孔子曾经说过："岁寒，然后知松柏之后凋也。"学会把人生的苦难当作修行，这样才能真正变得强大，无论遇到什么挫折，都能心怀希望。

人活着，得学着往前看。大事小事都会过去，好事坏事终成往事。

热爱生活，好好爱自己，你要知道，苦尽之后，甘定会来。

人生一世，草木一秋。无论当下境遇如何，请你相信，上天自有定数，一切都是最好的安排。

冬已尽，春已至。愿所有的付出都有回报，愿所有的等候都很值得，愿未来的每一天都是惊喜。

118

从小到大，我们听过最多的两个字，就是"听话"。听话，就是服从安排，按部就班。

要我说，成功，都是从不信命开始。真正成功的人，都先放弃了"常理"。他们都是世界的反抗者，在不圆满的人生中寻求生机。

很多时候，我们之所以无法成功，就是因为自己太容易屈从命运的安排。

把人生活成一个"圆"并非不好。我们需要的是，要在圆里面求方。就像古时的钱币一样，外圆内方，方可走向天南海北。

任凭风言风语在外，独守一方心田。光阴百代，日月如梭。是非功过，自有后人评说。而你，只要做好当下认为自己对的事，就足够。

119

做人当如草，是一种高深的智慧，更是一场终身的修行。

别看小草渺小如斯，却蕴含着无穷的力量。经得住疾风劲雨，耐得住野火焚烧，天南地北处处生，冬时枯萎春满道。

做人当如草，不哀怨自己的出生，哪怕无人过问地生长在田野上，也照样自生自长，顽强不屈。

做人当如草，不哀怨命运的无情，哪怕是冬天严寒夏天酷暑，让自己自在地活出自己的模样。

做人当如草，每个人有每个人的生命与青春，不羡慕别人花开芬芳，自己哪怕不开花，也一样绿满江南江北。

做人当如草，在平凡中成长，一步一个脚印，努力向上。春风总是先吹醒小草的青春，永远不会忘记光顾一个努力的人！

120

分享喜悦，本是人之常情，可一旦过了度，便成为炫耀。

炫耀是一道耀眼的光，照亮自己的同时，往往会灼伤别人。

做人不炫耀事业，中国流行一句老话叫作闷声发大财。事业越低调，越少人知道，就越少竞争对手，你就越发达。

做人不炫耀财富，俗话说得好，财不外露。财富一旦外露了，就会遭人嫉妒，惹来祸害。越炫耀财富的人，财富流失得越快。

做人不炫耀机遇，机遇一旦遇到了，就自己把握住，别告诉别人，一旦说出来，机遇就不是你独有的了。遇到机遇，要保持沉默，机遇才不会流失。

做人不炫耀人脉，人脉资源，是一个人立足于社会最重要的资源。这种东西，一旦炫耀了，很可能就被破坏掉了。

低调做人，低调做事，是聪明人的生存之道。

121

才华都是熬出来的，本事都是逼出来的。一个人想要有所长进，就必须扛得住压，担得起责，受得住打击和痛苦，在一个个难熬的夜里，迎来闪光的晨曦。

有诗曰：人生好比粥一锅，煎熬滚煮耐琢磨。宜疾宜徐看火候，酸甜苦辣自张罗。

确实，人生就如同一锅粥，若心急用猛火，自然“吃不了热豆腐”。唯有慢火细熬，才能煮出最极致的滋味。好的人生，是熬出来的。

都说成长是条单行道，熬过去，出众；熬不过，出局。熬，不是自甘堕落、消极妥协，而是积累能量，等待时机，厚积薄发，迎来生命的升华。

122

人性的脆弱和坚强，常常超乎你的想象。生活中，我们往往会因为脆弱而泪流满面，因为坚强而咬紧牙关。

人的一生，注定是场孤独的旅行，从来到这个世间到最后离开，每迈出一步都需要自己付出超乎想象的力量。不要期待别人的救赎，只有自己才能为自己摆渡。

生活就是这样，你在享受它的好时，也要能够承受它的坏。虽然受到的伤很难治愈，但你必须坚强地活着，因为活着并不仅仅是为你自己。

大家有没有想过，当一个人被生活所迫的时候，注定着要为生活奔波。穷人为了生计，不敢有一丝懈怠，生怕停下来，就活不下去了。

所以，请你们记住，每一个努力的人，都值得被尊重。

123

人生在世，凡事都要懂得：讲规矩，知分寸。在与人交往中，若是言行举止失了分寸，只会暴露自身的粗俗浅薄与狂妄无礼。

人生中的任何事都需要讲求适度，凡事要有度，一切要适可而止。所谓有度，就是让自己的言行保持合理的尺度。人皆有欲望，但不管追求什么，都不能放任而为。因为一旦失了分寸，结果必定令人得不偿失。

规矩就是明知错，不去做；规矩就是有底线，不碰触；规矩就是人品正，不作恶。

规矩，表面上限制你的自由，其实是在拓宽你的道路。

人离不开规矩，重规矩的人，才能问心无愧活自己；重规矩的人，才能在社会站稳脚跟；重规矩的人，才能一辈子无惧无畏。

124

“看得开”是人生必修的一门功课。不要纠结于一时的成败得失，不要被忧愁烦恼缠绕，人生的路还很漫长，要把眼量放长，把心量打开，心敞亮了，你的人生也就敞亮了。

何谓“看得开”？我的理解是：遇事习惯换个角度看问题，不纠结，不钻牛角尖，以一颗乐观、淡然的心态为人处世。

看得开是一种生活智慧，累了，换个角度看世界；压抑了，换个环境深呼吸；困惑了，换个位置去思考；犹豫了，换个思路去选择；郁闷了，换个环境找快乐；烦恼了，换个思维去排解；抱怨了，换个方法看问题；自卑了，换个想法去对待。

风里来火里去的人生，沉沉浮浮的经历中，我们渐渐懂得：唯有自己看得开、想得通，才能开心过此生。也唯有如此，才能遇山开路、逢水搭桥，走出豁然开朗的人生路！

125

人生在世，话别说太满，做人别太过分。虽不需要过度的谦虚，但也绝不能太飘。凡事讲究一个度，在合理的尺度之间游走，不逾矩，不过分自满，方能平安顺遂。

做人，若是不懂得谦虚，四处张扬，引来他人的不满不说，只怕到最后给自己惹来许多不必要的麻烦，让人贻笑大方。

一个人有几斤几两，有多大的能耐，他人多多少少都有所了解。有的时候，别人不愿拆穿你的谎言不是因为他们傻，而是因为善良。

纵然优秀，纵然取得了不菲的成绩，但依然存在进步的空间。时间的脚步一刻不停地向前，人活一天就要不断地努力，太飘的人最终会自食恶果。

126

平凡的生活，变化莫测，冷暖无常；有苦有甜，有喜有忧；有聚有散，有得有失。无论如何，这一页都得翻过去，因为日子还在继续。生活不易，我们更要好好地努力！

每个人的生活都是琐碎而平凡的。其实，平凡的生活不可怕，可怕的是丧失了热爱生活的心。坦然地接受平凡，坚定地拒绝平庸，只要你有不惧改变的决心，就有机会迎来成长的惊喜。

平凡的经历不代表永远平凡。无论生活中我们受到怎样的挫折和磨难，都不要过高过低地评估自己的能力，正确地认识自己的价值，挖掘自身潜力。

即使在过着平凡的生活，我们也不要认为自己贬值，因为平凡的生活也不一定永远都平凡。

127

人与人之间的对抗，从一开始就不是公平的。当对抗开始的那一刻，参与竞争的每一个人，多多少少都会受到竞争之外的条件影响。

比如有些人的起点，就是其他人的终点；又比如有些人是负重跑，生活的重量让他们步履维艰。所以，人与人之间的对抗，从来就不可能公平。

有人出生在锦衣玉食之家，生来就不愁吃穿，可以受到良好的教育。有人出生在家贫如洗之所，温饱尚不得解决。

这种不平等，是命运的选择，是你不能拒绝的事情。你只能坦然面对，唯有自强不息，奋起直追才能减少不平等之间的差距。

人与人是不平等的，人与人是存在差距的，这是最最真实的现实。不放弃任何的努力，历练出的强大内心，向前进！

128

人有两个基本的需要：新事物的体验感受和有创造性的成果。一个好的业余爱好可以同时满足这两个需要。

健康的业余爱好不仅能增添自己的生活情趣，同时也能消除疲劳。我们不能把自己的业余生活全部拴在家务上，也不能把闲余时间花在麻将、扑克上，而应培养对自己健康有益的业余爱好，如读书、听戏、养花、下棋等。

只要是对身心有益的，都可以作为自己业余生活的内容。良好的业余爱好会使一个人内心更充实，生活得更有滋味。

如果没有爱好，一旦空了下来，人的头脑就会胡思乱想，总想那些不愉快的事情。

人最为理想的状态就是兴趣爱好和工作事业合而为一，尽管不是每个人都那么幸运，但我们为什么不在允许的条件下把我们的兴趣爱好做到极致呢？

当我们把这些事情做到一定程度的时候，意外的收获一定会带给我们一件件的惊喜和快乐。

129

体味人生路上的酸甜苦辣，我们的心上难免出现千疮百孔。唯有忘记不堪的过往，才是治愈心灵的良药。

人总应该往前看，走过的路，爱过的人，过去了就都不会再回来。即便回来了，也早已不是当初的风景和心情了，绝对不应再如此执着。

我最喜欢早上，好像什么都可以重新开始，而中午的时候就开始觉得有些忧伤，一到晚上就感觉怅然若失，最为难过。

人生最幸福的事，不是活得像别人，而是在你努力之后，活得更像你自己。

巴尔扎克说过："如果不能忘记许多，人生则无法再继续。"

是啊，人生这一路走来，风风浪浪，着实不易。与其把时间和精力浪费在已经发生的事情上，不如学会释怀，乘风破浪，驶出自己精彩的新世界。

130

人与人之间的关系很微妙，凡事都要量力而为，适可而止。因为不是所有的人都懂得将心比心，也不是所有的人都会珍惜你们之间的情谊。

行走在人世间，我们的心中都要有一杆秤，既要量好自己的能力，也要称好对方的人品，唯有如此，我们的好心才不会被当作"驴肝肺"，才能在这个薄情的世界里，温暖有爱，行稳致远。

你要知道，你的善良很贵，不要随意浪费；你的真心无价，不要任意给予。珍惜自己的每一寸付出，让自己的真情不被无端辜负，是自己应尽的义务。

在这个世界上，不是所有的掏心掏肺都会换来知恩图报，也不是所有的倾尽所有都会换来不离不弃。有来有往，情谊才会绵长，互帮互助，真情才会永驻。

131

人最大的安全感来自自己，靠别人施舍的那叫同情，靠自己的才是能力。

人生最大的安全感来源于自身，是清晨的阳光，满格的手机电量，自己手中的车钥匙，出门时口袋里的钱包以及钱包里鼓鼓的现金。

你的安全感来自持续不断的努力，来自持续进步的修养。这世界所有的抱怨，最终都是自己不够优秀，自己不够努力的原因。

你必须凭借自己的优秀，成为一道亮丽的风景线。做人不能指望别人的施舍，要靠自己，活成一束光，活成别人心中的渴望。

安全感就是无论时代如何变迁，人情世故如何复杂，你总能持续地学习，不断修行，提高自己的各项技能。当别人惊慌失措和焦头烂额，你却十八般武艺样样精通，吃喝不愁。

真正的安全是清醒地知道并不存在绝对的安全，而是有足够的勇气信念面对所有的可能。

Chapter 02

个人成长

不知命，无以为君子也。不知礼，无以立也。不知言，无以知人也。

——《论语·尧曰》

1

万物皆有其法则，做人做事都要讲究一个“度”：

有度，才有分寸，有度，才有敬畏。

善良也要有度，不要给别人撑伞，淋湿了自己。不要让温暖人一生的良药，阴差阳错地变成致命的毒药。

善良也要有度，该拒绝的时候，别答应；该无情的时候，别热情；该得罪的时候，别含糊；该翻脸的时候，别包容；让别人知道你有原则和底线，就能得到他人的尊重。

善良，一定要有度，不知感恩的人，不要去忍，不重感情的人，不要去让，你要是好到毫无底线，对方就能坏得肆无忌惮。

希望所有为他人种下花的人，也可以住在一片花园之中。

所有善良之人，都值得被善待。

2

人总有不完美的地方，必须勇敢地去坦白、认识自己的缺点，从而轻松地把“缺点”化为个人独有的特点。

凡是能够做到自嘲、轻松调侃自己缺点的人，都是不以此缺点而自卑的人。自己要懂得欣赏自己的长处，表面挖苦了自己，实际却极其自信。时时这样，会表现出你这个人的豁达和谦虚，还有最重要的自信。

自嘲是一种巧妙的表白方式，不仅可以博得一笑，还能使人们更愿意亲近你。一个人若懂得以贬低自我来衬托他人的优越，那你绝对可以算得上一个成熟而敏锐的人。

自嘲的人是智者中的智者，高手中的高手。自嘲就是要拿自身的失误、不足甚至缺陷来“开涮”，对丑处不予遮掩，反而把它放大、夸张、剖析，然后巧妙地引申发挥、自圆其说，博得一笑。

3

这世上有些人，基本见不得别人过好日子，若别人有，自己没有，就会极力踩上一脚，踩不下来也要在别人身上留点泥，以此来让自己内心达到平衡。

下等人，人踩人。他们为了让周围的人过得比自己差，天天心里想的都是损人不利己的事情。总是在你身边干一些诋毁、拆台、偷走你梦想的事情。

与人为善，帮人亦是帮己，你为别人做的，其实也是为自己做的，你的善良，就是你的后路，人生并没有什么捷径可走，你想要拥有多少，就必须付出多少。

真正高贵的人，心里总是装着别人。助人便是助己，敬人亦是敬己。

4

很多时候我们都要记住，别把小事想得太烦琐了，别把人心看太透了。任红尘纷扰，我自风轻云淡，当学会了以简单的心境面对人生时，就会少了许多愁绪和烦恼，也就看到了更多的美好。

不奢望不强求，用最疏朗的线条刻画自己的人生。烦了么，懂得心安，便是活着最美好的状态。读懂了生命，也就是读懂了自己的本心，接近心中那个最好的自己。

不取悦不疏离，心甘情愿地接受眼前的一切。懂得欣赏，于尘烟中见月朗，在百花中寻芬芳。珍惜吧，好好珍惜眼前，好好珍惜缘分，把握现在，开开心心过好每一天！

5

生活是一种适合，不管是春夏秋冬的变换，还是日月的交替，适合自己的就是最好的时节，生活是实实在在的感受，也是自我经历的过程。

每个人都有权利走自己的路，犯自己的错误。生活全部是经验，只有你自己选择了自己的人生经历，你才能走向更好的人生。

每个人都有自己的情绪，更不想被别人看不起。特别是处于弱势的人，就更加在乎面子和尊严。可能你无意中的一句话，或许已经在他心里留下了烙印。说实话，这没什么，但是对于那些敏感又容易多想的人，你是否想过后果呢？

控制情绪，是处世的智慧，更是人生的修行。不困于心，不乱于情，方能自在安然过人生。控制情绪，才能掌控人生。即便内心波涛汹涌，表面也要云淡风轻。

6

生活总是泥沙俱下，关键是你所处的境界，让你看到的是荆棘还是鲜花。我们遇事的态度，决定了我们处事的能力。

人生难免有跌倒的时候，与其躺在阴沟里喊疼，招人一时同情，不如想办法赶快爬起来，让人一世敬佩。一个人只有实事求是反省自身的局限，脚踏实地做出改变，才能走得更远。不够努力的人，连抱怨的资格都没有。

不要像个落难者，告诉所有人你的不幸。总有一天你会明白，你的委屈要自己消化，你的故事不用逢人就讲起，真正理解你的没有几个，大多数人会站在他们自己的立场，偷看你的笑话。你能做的就是，把秘密藏起来，然后一步一步变得越来越强大。

7

如今的生活越来越好，但也越来越忙。太多人为事业变得忙碌，在忙碌中变得麻木。忙碌能赚到更多的钱，但却容易忽略内心的感受。正如现在太多人忙着低头工作，反而忘了仰望星空。

人不是只懂得干活的机器人，适当慢下来，给自己的情感放个假，才不负辛苦的岁月。真正的生活不是疲于奔命，而是懂得休息。

放慢速度不是支持懒惰，放慢速度也不是拖延时间，而是让人在生活中找到平衡。一种利用时间资源来补充生命资源的过程，只有劳逸结合才能保持身体状态平衡，而身心状态平衡是保持人体健康的一个重要因素。

让身心自然放松，在快节奏的生活状态下，用慢生活让身心恢复新的平衡，去感受到生活的美好，去建立更好的自信。

8

生命中注定很多事情都会事与愿违，注定有些人只能陪我们走那么一小段时间，注定要承受一些伤痛。那么，就坦然接受，毕竟生命中也不是只有不幸，也有阳光，有爱，有温暖。因此，不要只记得不好的事情，应该记住好的事情。

那些对我好的人，那些没有说再见就再也不见的人，那些离开我生活的人，我想我是爱着他们、怀念着他们的。无论是在哪里，无论在什么时间，我都感谢着，因为他们陪我长大，陪我度过最纯真、最青春的年代。因为他们给过我温暖，也关心过不够完美的我。

人生路漫漫，我们都是赶路人。睡前原谅今天发生的所有的人和事，才能在醒来时忘记所有的恩怨。每天给自己心灵一个归零的时间，反省自己不足，倾听内心，才不会把自己弄丢，毁了人品。

9

总有一天，你会明白：世界是自己的，与他人无关。的确，我们都渴望得到别人的认可，可终究“萝卜白菜各有所爱”，就算如林黛玉在贾府谨言慎行，也不可能得到所有人的青睐。

“草木有本心，何求美人折”，做最好的自己就好，不必委屈自己，迎合别人。喜欢与不喜欢，都是别人的事，我们左右不了。所以，我们只管做好自己，做好自己该做的事儿。

跌倒算什么？我能笑着站起来继续前进。挫折怕什么？我能坦然面对，继续努力。失败又怎样？我能接收失败却不会放弃。

让我们都做好自己吧！或许我们不是那么出色，那么成功，那么耀眼，但是，我们要自信，我们要勇敢，我们要快乐，我们要做一个最好的自己！

10

人都会遇到自己不擅长的领域，也都会不小心犯错，因此失败与犯错并不可怕，可怕的是自我感觉良好，以及犯错后的冥顽不灵。

一个拥有羞耻心、明白是非对错、懂得反省的人，一定不是一个讨人厌的人。相反，那些连自己错在哪儿都不知道的人，或者明知道自己错了还找借口的人，便不那么讨喜了。

失败与犯错并不可怕，也不丢人，关键是你要能从一次失误中发现错误的价值，不能白白遭受损失。只有不再犯同样、同类错误，才能证明我们是进步的，而不是停滞不前甚至是退步的。这样，即使你犯了错，也是有价值的。

11

我们这代人（我 1953 年出生），在风雨中默默前行，用双手与命运抗争。在那个残酷的年代，挺住就意味着一切。不拼，怎么赢？咬牙坚持是唯一的路，硬着头皮只能走下去。

我们这代人，早就懂得了生活的残忍，抱怨和焦虑根本无法改变现状，唯有埋头向前，奋力挣脱命运的枷锁。

生活上的磨难全让我们这代人碰上了，如今，时代慢慢变好了，科技改善了劳动力，但是真正吃过苦的人，即便是近 70 岁了，依然能吃苦，能扛事。

岁月悠悠，人生缓缓而行，转眼已是暮年。人生在世，要舍得对自己好，去看遍山河的美丽，去尝遍世间的美味，保持心情愉悦，不为别的，只为了让自己的生命有它存在的意义。

12

人生在世，与人交往，修身养性，处处都离不开规矩。生活中，有很多不成文的规矩，都是生活小细节，说是规矩，却能反映一个人的素质和修养。

比如：不要在连排的座位上面，抖腿！抖腿！抖腿！别人在睡觉的时候，懂得“安静”二字。

看电影请保持安静，手机也保持到静音。在宿舍或公共场合、公交车上，看视频、听音乐等，请戴上耳机。在地铁上，不要一个人靠着扶栏，请给别人的手留个位置。

也许你会认为守规矩可能会很吃亏，但是实际上，这个世界其实很公平的，守规矩才是最稳妥的一条路。不守规矩的人确实会在短期上获得利益，但是从他不守规矩的那一刻开始，也会为此付出惨痛的代价。

懂得规矩，守住规矩，才能守住人生。

13

身处困境的时候，先给自己一个微笑，坦然一笑，是一种豁达。世上最美的风景，就在自己的脸上。

被人误解的时候，微微一笑，是一种素养。当有人对你施不敬的言语，请不要在意，更不要因此而起烦恼。因为这些言语改变不了事实，却可能搅乱你的心。心如果乱了，一切就都乱了。挥挥手，笑一笑，这些没什么大不了。

受委屈的时候，淡然一笑，是一种大度。其实谁的生活都多少有点苦涩，谁都会有受委屈的时刻，谁都有一段不为人知的故事，谁都能微笑然后转身流泪。真实遵循自己的内心，永远是岁月的天真。

无奈的时候，达观一笑，是一种境界。生活需要微笑，就像植物需要空气和水一样。愿我们前行的一路都能收获快乐，用嘴角上扬的弧度打败生活中的失意。

14

大千世界，茫茫人海中，无法找到一个十全十美之人。人非圣贤孰能无过，而能成就大业之人，皆有其过人之处，在他们身上，我们能够学习到宝贵的精神品质。就像老鹰并不是天生就会捕猎，它在一次次失败中成长，最终成为空中猛禽。而世人皆有自己的缺陷，唯有能直面缺点，将其化为动力之人，方能成就大事。

即使我们走在通往天堂的路，也不代表我们就一定会到达天堂。不要总是幻想可以轻易地实现自己的梦想，因为很多时候梦想都像天堂那样遥不可及。任何走进梦想天堂的路，都是我们在地狱般的苦难中磨炼前行。

吃得苦中苦，方为人上人。特别是年轻人，必须得有吃苦耐劳的意识，在人生过程中，不断用心学习，认真工作，在通向天堂路上，边修边悟，实现人生梦想。

15

越是层次高的人，越懂得尊重别人。尊重别人的喜好，不去强求；尊重别人的选择，不去多嘴；尊重别人的生活，不去干涉。人和人，即便近如夫妻，也要懂得尊重。

尊重有两层意思，一是尊重别人，一是尊重自己。尊重别人是一种素质，是一种修养，是一种智慧，是一种胸怀。它体现理解，体现信任，体现团结，体现平等。一个人只有懂得尊重别人，才能赢得别人真正的尊重。

别人尊重你，是因为别人优秀，而不一定是因为你有多棒，每一个懂得尊重别人的人，都值得被尊重。

永远记住：在人之上时，要把别人当人；在人之下时，要把自己当人。尊重别人，就是尊重自己。分内的事情靠自己完成就是一种尊重，把自己当人，是对自己的尊重，也是对别人的尊重。

16

亚洲烟王、中国橙王，74 岁再创业的褚时健经常说的一句话就是“给别人留一条活路，也是给自己留一条后路”，利益共享就是他做人做事的智慧。

有的人费尽心思，要把钱财据为己有，到最后却两手空空。有的人，不拘泥于蝇头小利，慷慨大气，却赚得盆满钵满。做人，除非有绝对的实力可以碾压对手，否则还是尽可能地低调，不要事事抢先，处处争强。自己吃肉的时候，不妨让别人喝碗汤，如果总是太过贪心，总想把所有的好处一人独享，那么自己的好运可能也就快要到头了。

有句话说得好，将欲取之，必先予之。散利于他人，不仅是手上的大方，也是格局上的大气。你的心够大，事业就能越做越大，你的心够宽，人生路就会越来越宽。

17

人生在世，谁也不能永远都不低头，世界上总会有很多的无奈让我们不得不低头。我们一个人的力量是非常小的，我们的力量不足以改变世界，那不如转变自己的想法，改变自己的心态，让自己能够适应这个社会。有的时候，低头其实并不丢人，反而是一种明智的选择。

在偌大的世界里面，想要让一个人心甘情愿低下头，其实是一件非常困难的事情。然而，一个人若是不懂得在适当的时候低头，那么就会撞得头破血流，而人生也不会取得什么成就。

向优秀的人低头，承认自己的不足，看到自己与别人之间的差距，从而不断地完善自身。你要知道，这样的低头并不是向他这个人本身低头，而是向他的能力、他的才华低头，这并不丢人。

一个人只有放下了面子，才会在自在、舒适的环境中成长，而且还更加容易获得成功，要知道成功就是最大的体面。因此，必须懂得在适当的时候低下头，更有助于出人头地。

18

苦难是人生的绊脚石，亦是人生的成长梯。叫苦解决不了任何问题，用实际行动改变现状才是唯一的出路。生活没那么多时间矫情，修炼一颗坦然乐观的心，才是治愈苦难的良药。

人的一生难免会遭受很多苦难。无论是与生俱来的残缺，还是惨遭生活的不幸，但只要我们敢于面对生活的苦难，自强不息，就一定会赢得掌声，赢得成功，赢得幸福。苦难也就成了我们人生发展的垫脚石，它可以垫起我们人生的高度。

想哭就哭给自己看，不用寻求别人安慰；想笑就笑给自己听，不用找人陪你高兴。人啊，再累，也别叫苦，再难，也要开心。

我们无法改变昨天的事实，但我们可以决定明天的人生轨迹，苦难激发人的潜能，把苦难当作一块成功的垫脚石，在黑暗的尽头，我们将看见光明。

19

不要总为别人活着，也不要那么在意别人对你怎么看，这个世上不懂你的人不必在乎，懂你的人也不用理解那么多，不要为那些在你生命中无关紧要的事难过，不值得。

你人做得再好，也会有人指手画脚。你说的话再好听，也会有人不愿意听。要活好自己，怎么开心怎么活。不要活在别人的嘴里和眼里，那样的你会很累的。

做人，应该是自由的，真的不应该被别人左右。之所以这样说，并不是把别人的话、别人的利益置于不管不顾的境地，而是在别人和自己之间，寻找到一个平衡点。

这个世上没有哪一个人是能够让每一个人都喜欢的，一千个人的嘴里，就有一千个你，你顾及不了这么多，你只管做你自己，人生是自己的，而不是别人嘴里的。有句话说得好：你永远都不会知道，别人嘴里的自己有多少个版本。开心过好每一天最重要！

20

人生中最可怕的，不是生活的艰辛，而是失去了对美好人生的追求、向往与期待。

追求，让我们不断攀登上人生中的一座座峰峦；向往，使我们有勇气摆脱已有生活中的平庸与平淡，使我们的生命一步步走向完美、走向崇高；期待，为我们或孤独、或忐忑、或焦虑、或迷茫的心灵树立起了一座座希望的风帆。

也许是网络的虚幻，让我们每每心存戒备；而尘世之间人心的叵测，更是使人们不敢真诚地敞开心扉。可世事并没有人们想象得那么糟，毕竟，真诚与善良是社会的主流。

真诚是一个人的本性，以诚学习则无事不克，以诚立业则无业不兴；善良是一个人的天性，心地纯洁、纯真、温厚，没有恶意。

一个人要想在社会上走得从容，站得稳定，受人尊重，拥有真情，一定要以真诚为先，以善良为本。

21

人生策划的重点在于：努力积累生活的成就感，认真总结自己的昨天，策划今天和明天，找出人生中的亮点，让每一天都充满希望，充满幸运，不再大起大落，大悲大喜。把人生中的挫折看成走向成功的契机，把令人烦恼的事情当作激发才智、调整心态的良药，把别人的忠告和建议作为行动的参考。

策划是一生中一件至关重要的大事，策划好了就要付诸行动，因为实践重于理论。每一个人的人生都是可以由自己来策划的，只要你以快乐的心态、百折不挠的毅力，加上独辟蹊径的眼光和智慧，势必能宏图大展。

从百岁老人到青春少年，都离不开人生策划。只有在科学策划的基础上，把握机遇，分秒必争，才能开辟人生的新天地。

22

有句话说得好："坐错车时，千万别因为投了币而不肯下车，因为那只会错过更多站。"

人不怕走错路，就怕不愿回头，在错误的道路上使劲儿逼自己，和自己较劲。这样只会越努力越无力，最后落得个遍体鳞伤。

其实，人生就是在摸索中不断前进、不断成长的过程。你会面临无数次的选择，有的选择是正确的，有的选择是错的。如果选错了方向，就不要闷头往前冲了，清醒地停留永远胜过盲目地前行。

只有在对的人生选择上，努力才更有意义。选择之后，需要你努力，需要你奋斗，需要你用尽全力为之努力奋斗。

这很重要，是圆满。人生成功圆满，全在于你的每一次不经意的“选择”，请重视“选择”吧，它将为你开启一条通天之路。人生的成功，是你无数次选择的因果。

23

生命是一种回声，你给别人笑脸，别人就会给你微笑，你将恶语挂在嘴边，身边人就会渐渐远离。喜欢把“谢谢”挂在嘴边的人，凡事让别人舒服，活着让自己坦然。

尊重别人就是尊重自己，恭敬待人也是在庄严自己，体谅别人也会被人体谅。人与人之间的相处，求的是舒服，而不是输赢。

人生，要有“不较劲”的智慧，不和自己、别人和老天较劲。对自己要随性，不要对自己提出太多的任务，不和时间赛跑，不要使自己的人生变成争分夺秒的战场。要从容地生活，对人要随遇而安，亲疏随缘，互相尊重。

人生，要有不较劲的智慧，如果可以，就做命运的主人，不向它屈服；如果不行，就做命运的朋友，不和它较劲。

24

人这一辈子有一座牢，是自己给自己建的，这座牢叫不肯放过自己。

其实生活很普通，只不过是自己给它加重了色彩，给自己带来的困扰都是庸人自扰。风雨人生路，学会放过自己，就是对自己最大的恩惠，也是对自己最大的宽容。

人活在这个世界上，总会在生活中遇到各种各样的考验。不必纠结于考验的结果，端正心态，享受其中的过程，也未必不是一种好的体验。至少，有了一次失败的经验。

学会放过自己，放开、看淡，让一切得失都顺其自然，珍惜自己所拥有的，往往能活得更顺心顺意。

25

凡事不必苛求极致，适时留点漏洞给别人，才是一个人最大的处世智慧。

时间不等人，岁月最无情，所谓的来日方长，一转身就成了人走茶凉。每一次的自我放纵都是在透支生命。死亡离我们很远，也离我们很近。敬畏生命，珍惜生命。

有什么也别有病，好好养好自己的身体，少生气。珍惜和朋友的相处，因为有再多的遗憾，人生也无法重来。

人生无法重来，因为失去，真的会后悔莫及。希望我们都遇到这世界上最幸福的 4 个字：平安喜乐！

26

在自然界的激烈争夺中，狼群凭着坚韧、顽强、忠实、牺牲的团队合作精神，成了有充沛生命力和出众竞争力的族种，成了兽类的强者。

人的生命是有限的。大家都是新时代的追梦人，要完成人生的梦想，就应当有着狼道，既要有理想，更要有毅力；不仅要有拼搏精神，也要有团队意识；既要占领机遇，也要重实战。

残酷的竞争，注定让我们始终面对不平静的人生。

因此，我们必须练就出“狼”一样的意志，锁定目标，执着专注，永不放弃；练就出“狼”一样的敏锐嗅觉，强力捕捉一丝丝擦肩而过的机会；练就出“狼”一样的全天候攻击力，永远向“不可能”挑战，一次次战胜强大对手。

27

这个世界上，没有任何人能永远陪伴你，即使是你的影子，也会在黑暗里离开你。

人生在世，想要获得快乐，就要学会不再依赖任何人。依赖父母，父母早晚会变老离开；依赖手足，他们也有自己的生活；依赖朋友，朋友也有自己的难处；依赖伴侣，伴侣也有可能会变心……

只有靠自己的人，才能活得硬气，才能将自己的人生过得更好。人生所有的安全感，从来都是自己给自己的。

命运，就像是一条长河，从此岸到彼岸，要学会自渡，不要指望任何人来做你的摆渡人。无论何时何地，都要学会独立行走，它会让你走得更坦然些。

28

一个人能做成多少事，取决于能力，但能做成多大事，取决于格局。

学会主动找问题，主动找需求，主动解决问题，主动承担责任。在做事的过程中，学会逢山开路，遇水架桥，你处变不惊的能力会撑大你的格局。

人最可怕的就是，不停地计算眼前的利益得失，陷在一个小格局里出不来。一个人能放弃眼前的利益，追求更长远的发展，这就是大格局。

从现在起，阅读、交流、思考、选择、做事、练心，利用每一次机会，一点一点地撑大自己的格局。一个人格局越大，心胸越宽广，人生会越走越好。

29

一个人最基本的能力，是要能消化自己人生中的困难。困难谁都有，可是面对困难的选择却各不一样。有的人选择退缩，有的人选择漠视，而只有选择对自己的人生有信心，才会消化困难。

生命是一条艰难的路，每个人都要经历无数的磨难，这个世界上没有谁是容易的，也没有谁活得轻松。

人的一生五味杂陈，谁都是在艰难中踯躅前行。只有经得起生活的煎熬，才能看见未来的曙光；只有跳出固有的思维，才会收获不一样的结果。

人生，靠自己才最踏实，靠自己才最无悔，靠自己才能够笑到最后。

30

世事往往多磨，很多时候我们都需要跟人、跟事打交道。如何摸索出为人处世的道理，同时保留住真实的自我，其中的尺度也是一种智慧。

知世故而不世故，保持着一种内心有光芒的善良，凡事为他人着想，柔软润泽春风化雨，让人温暖妥帖。这是对生命的尊重，更是一种有人情味、有温度的品德。

世事洞穿，天真不泯，即使看清了人情冷暖，依然不改赤子之心——这才是人生大境界。

愿我们永远赤诚、简单，为自己保留一份初心和纯粹。愿我们既有大人的成熟，也能有孩子的烂漫。愿我们生活不拥挤，笑容不刻意。知世故而不世故，历圆滑而留天真。

31

一个没有见过真正世界的人，常常会误以为自己目前所拥有的就是最好的，从而忘了世界之大。

当你见过的世面越多，对世界的认知越深刻，对自己的认知越清醒，越明白自己的浅薄与渺小，越知道自己真正该拥有的是什么。

和人发生矛盾，难免会有如鲠在喉的感觉。与其奋力争辩，最后让自己筋疲力尽，倒不如直接喊停。要知道，很多时候争辩是最无用的做法。

鬼谷子说：世界上最愚蠢的行为，就是讲道理。不断地和人争辩，其实正是内心对自己的不自信。

在这个复杂的社会体系中，我们必须不断修炼自己为人处世的能力，严于律己，修身养性，宽以待人，报答社会，及时行善。

32

人生有两种痛苦：第一种叫成长的苦，是主动改变，是寒窗苦读，是埋头奋斗，是孤独。第二种叫生活的苦，是世俗琐事，是奔波操劳，是热嘲冷讽，是被收割。

这两种苦，你总要选一样。你吃不了读书的苦，就要吃生活的苦；吃了读书的苦，就能少吃生活的苦。

一个人最大的自律，就是该努力的时候努力，该吃苦的时候吃苦。

社会的规律永远是那么残酷。当你现在每一天都感到很难，后面的每一年会更容易；当你现在每一天都感到很容易，后面的每一年就会更难。

人这一生，读书学习与拼搏赚钱才是永恒的生活内容。点个赞吧，与朋友们特别是青少年朋友们共勉！

33

人生就是一场匆匆的行走，有人用脚步，有人用灵魂，有人用信仰。

在人生这条旅途上，有目标的人在奔跑，没目标的人在流浪，所以人活着，一定要有自己的目标信仰，无论是大是小，无论是远是近，只要执着下去，在达成这个目标的过程里，总会有随之而来的快乐和惊喜。

给自己一个正确的生活态度，设定一个有意义的目标，别怕山高水长，一步一步接近，只要不停下，只要向上爬，总有一天会抵达。

余生，找到自己的信仰，树立自己的目标，坚持自己的方向，在这个只来一次的世界上，我们都能活出自己想要的模样。

34

做一个别人眼里出众的人实在太难，不仅需要一定的天赋，还需要你牺牲最真实的自己。

与其如此，还不如干脆就做个俗人，不去刻意合群，更不必费力讨好，做好自己就行。自己活这一世，并不是活给别人看的，而是为了自己而活。所以，别人的话只能给你参考，却不能左右你。

更何况，你本身已经不是一个心智不成熟的小孩，你有权利为自己的前途做出适当的决定。

不妨就做个俗人吧，只关心自己感兴趣的人和事，无法融入的群体不强行掺和，不喜欢你的人不刻意讨好。

就算与自己的孤影相伴，也未尝不是一种安稳和轻松。

35

人生短短数十载，最要紧的是满足自己，而不是讨好他人。纵是上善若水，也要学会傲娇与独立。别让自己活得太累，太辛苦。

每一个昨天，都是过去。然而，昨天的太阳，永远也晾不干今天的衣服。所以不论“昨天”给予了生命怎样的记忆或感动，我们需要的永远都是把握眼下，展望未来，而非沉浸于那些过去的是非虚实。

珍惜现在，走过了就不要后悔；学会淡然，远去了就不去重捡。人这一生，有太多的事情要做，亦有太多的人值得我们去珍惜，不要浪费不必要的感情与精力在那些不必要的人与事上。

将美好留于心底，淡淡的就好；将悲伤置于脑后，遗忘了最好。

36

很喜欢的一句话：人生中的一些路，是注定孤独一人、无人同行的。越是无人依傍，越要坚定自身。

身居幽暗时，给自己信心；遭遇挫折时，为自己打气；难过的时候，记得为自己鼓掌。

我们每个人，都会经历一段甚至是几段晦暗的时光。那是付出了很多努力也没有结果的日子，那是撞破了头也找不到方向的日子。但你一定要记住，人生越是难熬，越要给自己鼓掌加油熬过去。

事与愿违之时，给自己鼓鼓掌，多一些耐心。但行好事，不问前程，你只管努力，剩下的交给时间。只有心存相信，脚步不停，时间自然会渡你往想去的彼岸。

37

人都有自己的志向，但是决定自己人生高度的不是你眼光的高低，而是以往岁月的积累和沉淀。

也许你的努力不会立刻看到成效，但它会在你前行的路上撑起一盏灯，照亮你的心房。

只有一点一点地积累自己，才会为明天打下牢固的基础，为自己的生活迎来新的曙光。

古语有言："河沙流，非沉淀不能清澈；人生祸患，非取舍不能避之。"

水之所以看起来清澈，并不是因为它没有杂质，而是日积月累沉淀的结果。其实，人生也是如此，唯有经得起沉淀，才能守得住美好。

38

真正的安宁富足，来自简单、朴素、纯然，而非来自浮华、奢靡与混乱。

人到了一定年纪，是一定要往回收的。简简单单，把生活活成自己想要的样子。

把目光望向远处，你的时光值得花费在更美好的事情上。烂掉的苹果要及时扔掉，面对它，处理它，才能迎接全新的生活。

世界这么大，若是总与一切纠缠不休，就会将你拖入情绪的泥淖。当家中的杂物被清理，当心上的烦忧被消除，才会发现，生活简单且充满魅力，心灵轻松且自由自在。

有质量的人生，不是走向复杂的世故，而是回归到简单的天真。

39

在充满荆棘的旅途中，我学会了收起自己的棱角，让自己在生活中少受一点伤害。

我曾经满腔热血，一意孤行。我的冲动、我的无知曾经伤害过一些人，我也为我曾经的冲动付出过惨重的代价。

有的时候你觉得自己看透了一切，但是你要知道，你永远也猜透不了人心。社会残酷，世事繁杂，总有你想象不到的事物存在。

时间磨平人的棱角，也沉淀出真正的朋友。那些整日围在你身边，让你有过些许小欢喜的朋友，不一定是真正的朋友。真正的朋友，不在于花言巧语，而是关键时刻拉你的那只手。

最初，我们揣着糊涂装明白；现在，请跟我学习，必须的，揣着明白装糊涂。

40

人活于世，就像不同的叶子，随风而逝，有着不同的人生。有的顽强抵抗，留在了树枝上；有的善于“示弱”，去到了自己想到达的地方。

“示弱”不是懦弱，而是以退为进，让事情有最好的发展。就像树叶，随风飘落在地上，成了大自然的肥料，让自

己成为最大价值的贡献。

低层次的人，才喜欢拿自己身上仅有的一点闪光点到处去炫耀。其实你越想炫耀什么，就是心理缺失感最强烈的一种表达。

“示弱”而不去炫耀，其实是一种高境界，懂得“示弱”，是所向披靡的开始。

41

人生，最难的就是战胜自己。生命就是一个起和落的过程。无法放下的人，最终无法收获。不能接受失去的人，也无法真正拥有。

人生，最难的就是战胜自己。直面自己的胆怯，克服心底的恐惧。其实这个世界是清净的，人心都是清醒的。我们之所以时常觉得浑噩，就是内心里堆积了许多不属于自己的东西。

人生，最难战胜的就是自己。难以战胜别人的目光，难以活出自己的光芒。谁都是第一次来这个世间。

愿我们都能一直快乐，一直健康。战胜自己，活出最好的样子。

42

人的一生就是从无知走向懂得，从胆小走向勇敢，从孤单走向孤单的一个漫长过程。

曾经以为，长大就是一个朋友遍天下的过程，后来才明白，原来成长是让你失去朋友的过程。

看过了太多的人情世故，体会过太多的人情冷暖，了解了人生百态。后来才终于真正地明白：原来这一生，只是为自己而活；原来这漫长的一生，只是自己的自导自演。

人生之路，漫长而又艰险，其间曲折，是世人逃不掉的命运。只有当你自己变得足够坚强和勇敢了，当你经历了许多事情之后，才会真正地懂得，原来这个世界上最可靠的人只有自己。

43

水柔软却能水滴石穿，亦能成为洪水猛兽，包容着万事万物，具备强大的能量。人也是如此，只有做到了温和、冷静、清醒，才能养成泰然自若的心态，遇事不慌不忙。

拥有金钱未必得到快乐；得到快乐未必拥有健康；拥有健康未必一切都会如愿以偿。唯有探索自己的内心世界，做出有度的取舍，聆听内心里的声音。

到了一定的时候，你自然知道自己人生需要的是什么。生活，不就是要懂得舍弃一些无谓的贪念，然后去得到一些属于自己的小确幸吗？

看开了，就不会心烦了。看开，放下，人生也就无忧，也无苦了。

44

生而为人，和世间万物的生长规律一样，我们也要经历播种、扎根、抽芽、开花、结果、零落的生命过程。

每一粒种子都是独一无二的，每一个人都是不可复制的。要想精彩地过完属于自己的人生，务必要独立且清醒。

真正的清醒只有一种，就是知道自己的渺小，却又珍惜自己的一生。人生在世，糊涂难得。那些做事清醒、做人糊涂的人，往往是最清醒的。

不执着于生命的无常，不纠结于生活的善变，不计较于人情的脆弱，不细抠于命运的不公，始终专注于做自己。谈起幸福，只需轻轻地说一声：“随缘吧。”愿此生，糊涂又清醒！

45

人生没有如果，只有后果和结果。我们大多苦于两件事，一是得不到，二是已失去。得失之间，让自己做个内心强大的人。过去，一笑而过；将来，安然以待；其余的，宁愿保持沉默不语。

世界在变，时间长了，一切会冷漠，学着释然，放宽胸怀，把一切看淡。

懂得释然，便也就少了许多烦恼，就如秋风扫落叶，让尘归尘、土归土，都找到自己的归宿。

时间是最惹不起的东西，你敢挥霍它，它就敢荒废你！秋天不是生命的结局，而是一种人生的风景，美丽也动人，所以，更值得珍惜。

46

有人认为："茶悟人生，只能苦一阵子，不容易苦一辈子，先苦才可以后甜。没有吃苦耐劳的精神实质，就没有品甜的机遇。"对此本人深表认同。

生活本就没有一帆风顺，酸甜苦辣，总要一遍遍尝尽。苦仅仅是当中的一味，应对痛苦，你服输就输掉了。

真正出色的人，都是会积极做难题，不畏惧吃苦耐劳，因为如今吃的苦多了，之后便会少受许多苦。

生活中的一切，获得不一定能长期，丧失也不一定永远不会再有，没有哪一种挑选是顺心如意的。

面对痛苦，你是屈服于它，还是把它当作垫脚石，关键在于你的选择。如果你找到痛苦背后的本质原因，你去解决它，痛苦就是有价值的，它会成为你行动的动力。面对痛苦，不如逼自己一把，生活不会辜负一个追求进步的人。

47

人生路上，经历多了，就会成长，受伤多了，才能坚强。不要去责怪别人变了，因为别人的经历你不懂。不要去责怪自己变了，因为没有谁能一成不变。

不知道你有没有发现，这些年我们都变了，热情换不来回应，变冷漠了；真心换不来在乎，变失望了；信任却被人欺骗，变谨慎了；好心却被人误解，变沉默了。

经历了太多的人情冷暖，尝遍了太多的酸甜苦辣，渐渐的我们变了，不再去顾及别人，轻易地付出，一切以自己为重，只想把自己爱护。

那些经历过事业挫败的人，从人生的顶峰跌落生活的谷底，巨大的落差，让人承受不住。有人就此疯癫，有人哭泣过后擦干眼泪从头再来。不管哪一种选择，都写满了不屈、心酸、隐忍和坚持。

人总要学会成长，不管这个世界发生什么改变，我们都要有勇气继续新的生活，让自己活得既有凛冽的锋利，又有成熟的天真。

48

人永远赚不到认知以外的一分钱，就算侥幸得到了，社会中也会有 100 种方式收割你。

其实勤劳的人很多，但之所以不能够去发家致富，在于思维方式的固化，不懂得突破自己原有的思维，其实就是使错了劲儿，选错了方向。因此，人最好的投资就是投资自己，投资学习。

所以说，学习才能让你成长，你现在吃不了学习的苦，将来会受到生活加倍的苦，人一定要用思维来赚钱，不要用体力来赚钱。

身体总会有个极限，总有一天会撑不住的。思维是越学越活跃，学习是永远都在提升。

49

人呢，最怕的就是在琐事上无尽地纠缠，在小问题里不断地沉沦，不断地耗费自己的时间，也浪费掉了自己的精力，却偏偏一事无成。

叫醒自己，认识自己，清理自己，才能沉淀自己，成全自己。

懂得沉淀自己，才能将自身的眼光、胸襟以及胆识培养到更高的高度和深度上。然后，静水流深，走向强大。

人生选择方向，比努力更重要。俗话说：跟着苍蝇找厕所，跟着蜜蜂找花朵，跟着千万赚百万，跟着乞丐会要饭。

正所谓没有平白无故的成功，每一次的成功，说到底都是有它背后的逻辑。所以，我们在追求目标和理想的时候，方向是关键，努力是基础，坚持是必然。

50

在生活中必须注意，许多事情没有必要执着在一条路上，不撞南墙不回头，这条路不通，我们换另一条就是了。

直行走不过，拐个弯就好，站着不舒服，坐下就行。想笑便开怀大笑，想哭就尽情释放，很多事情，再坚持一下就过去了。

许多人总是在追寻一个结果，无论什么事都想要一个答案，甚至穷尽自己的一生去追寻那遥不可及的道理，实在是蹉跎时光。

一直关心结果的人，是没有办法集中精力在认真完成当下的事情上的，而懂得看淡的人，却能携两袖清风悠然前行。

51

说话最能彰显一个人的水平和能力，张嘴说话是本能，把话说好是本事。

人，都喜欢听赞美和鼓励的话，不喜欢听批评和中伤的话，这是人的本性。所以你要记住，为人处世嘴巴一定要甜，要会赞美他人，随喜赞叹，口吐莲花。

不中听的话可以委婉来说，或者选择不说。这些话虽然也是真话，可是真话未必受人欢迎。这是每个人在说话时应该掌握的技巧。

说话嘴要甜，不是让你阿谀奉承拍马屁，而是让你多说好话，多说赞美的话，多说让人舒服的话，这样才让人更容易接受。

如果你说话，总是“礼字在前，谢字在后”，总是能说到别人的心窝子里，让人心里舒服、心生喜悦，那你的人生道路一定会顺利很多。

52

吃亏是福，是先人们总结出来的处世经验，仔细分析确实有其道理可言。吃亏意味着给予和付出，也彰显大度和境界。一个人给予别人多了，为他人付出多了，就赢得了他人的尊敬和信赖。不仅收获了良好的人脉，也积累了众多的福报。所谓有失必有得，舍得出去，才能得回来。

为人处世，谁都不爱吃亏，谁都舍不得自己的利益被他人占有，而且是没有人情地无偿占有。但是，与人交往，惯于吃亏的人却有些不一样。

吃亏的人，在和别人共事的时候，之所以吃亏，是因为他考虑的不只是自己，更多的是在维护别人的利益，懂得为他人着想。

其实，吃亏的人是舍小家顾大家，舍自己顾众人。许多人都知道，与吃亏的人共事，其实是不会吃亏的，反而会被照顾和爱护。

一个被众人所爱护的人，当然会有所福报。正所谓：做人，吃得亏中亏，方得福中福。

53

无论是谁，都曾经或正在经历各自的人生至暗时刻，那是一条漫长、黝黑、阴冷、令人绝望的隧道。但是，走出来，你或许会看到另外一番人生。

要相信，没有一个冬天不会过去，没有一个黎明不会到来。

每一个走过寒冬的人，都能感受到春天的温暖；每一个熬过黑夜的人，都能感受到破晓的精彩。

多给自己一点时间，让情绪化解；人活着，努力是必须的，别太焦虑。成年人的焦虑，都是从比较开始的。

原本自己觉得生活还不错，结果遇到昔日的老同学，发现对方比自己过得更好，这一比较，自己曾经的努力似乎没有多少意义。

原本对当下的生活十分满意，结果看到邻居比自己更悠哉，这一比较，总觉得自己生活一地鸡毛。在这种对比中，不少人开始焦虑，从能享受当下的生活，变成开始对自己的生活各种挑剔。多给自己一点空间，让痛苦消散。

要相信这个世界上总有爱你的人，要相信这个世界上总有你值得去看的风景。受过巨大压力、逆境和创伤，并且幸存下来的人，一定会展现出一种强大的生命力。

54

人脉是由你的能力决定的，天天混饭局的人，不过是在为自己的能力不足找理由。

人最大的愚蠢，就是随波逐流，盲目合群。你以为的合群，其实只是在被平庸所同化。到头来，只会浪费时间和精力，失去自己的光芒。

真正的强者，都愿意捧出自己的那轮明月，彼此成就，相映成辉。

无人问津时，享受独处，在孤独中寻找力量，不断前行；人群簇拥时，成就别人，善待别人，其实也是成全自己。强者之间的互相帮助，绝不是因为对方弱，而是为了彼此更强。千万记住："强强联手"的下一句是"无懈可击"。

这世上所有的成功，都不是在互相争斗，而是互相扶持。很多时候，为别人搭桥，其实也是在为自己铺路。真正的强者，总是彼此成就，携手向前，互利共赢。

55

想要拥有幸福的人生，必要经历一番世间"寒彻骨"的磨难。

有些苦，是生活赋予的苦难；而有些苦，则是通往优秀之路。

读书很苦，优秀的人善于从书中汲取精华，并在学习的海洋中丰富自己的知识。因为他们深知，唯有吃读书的苦，才能打开通往世界的门。

自律很苦，每一个光鲜亮丽的背后，都有着苦行僧般的自我约束；而每一个星光黯淡的当下，也有个放纵不拘的自己。人生的高度，取决于自我控制能力。懂得吃自律的苦，才能走向通往出众的路。

赚钱很苦，天下没有免费的午餐，一切都要靠自己去争取，可唯有如此，才能拥抱甘甜的生活。

56

低下头，可以代表“一蹶不振、萎靡不振”，也可以代表“埋头苦干、谦卑为怀”，关键看你如何理解。

你有没有发现，“怂”字拆开来，就是“从”和“心”。也就是说，一个人很难过的时候，多半是力不从心的；一个人顺风顺水的时候，多半是随心所为的。

认怂，其实是认识了自己的心情，知道自己从哪方面着手，要做成什么事情，而不被外界干扰。

学会认怂，你的日子会舒服很多，内心的烦恼和痛苦也会渐行渐远。

认怂，不是输了，是宽以待人，是与人较劲的时候退了一步，显示了自己的高尚。棉花是柔软的，但是它们却能抵挡重锤的力量，丝毫不会受损。所以，学会认怂，可以克刚，也可以自保。

57

真正的强者，会致力于自身的提高，而非计较眼前的得失与成败。

真正的强者，视人生为战场，视风险为考场，视困难为道场，以苦为乐，知足常乐，把自己的生命看成一次伟大的“远征”。

要想成为真正的强者，要时刻牢记：山外有山，人外有人。把自己摆在一个弱者的位置，竭尽全力地去弥补自己其他方面的缺点。

要想成为真正的强者，就必须有过人的心态。任何时候，任何情况下，都必须保持高度清醒的头脑，微笑着面对生活。即使在最生气的时候，也要笑出来，不感情用事。

年轻人想要成为真正的强者，就必须付出十倍百倍甚至更多的努力。人生路上，眼光朝上看，脚步往下沉，不计较得失，展示最好的自己，做真正的强者。

58

人，为什么不快乐？因为对于已经拥有的东西，你总是不懂得珍惜与满足。越不知足，拥有得越多，越烦恼。

人，为什么不快乐？因为对于得不到的东西，你总是不懂得放下。

人，为什么不快乐？因为对于没发生的事情，你总是想得太多，行动得太少。身体吃的苦太少，脑子才会有大把时间胡思乱想。挫折经历得太少，才会觉得鸡毛蒜皮都是烦恼。

人，为什么不快乐？因为对于已经过去的事情，你总是执念太多，释然太少。

得不到就放下，放不下就看淡。成败一笑过，潇洒向前行，永远别让自己的心拖垮了自己。

你的快乐，就在不远处等你不期而遇。

59

无论是凌晨一点的酒桌、两点的哨岗、三点的农场、四点的菜市场、五点的街头……多是为了生活奔波，想睡却不能睡的人。

这个世界上，从来没有一份工作是容易的，也没有一份工作是不委屈的。

每一份工作里，都有着难以对外人说出口的委屈，和旁人无法理解的辛苦。每一份工作带来的薪酬和成长，总会伴随委屈和辛苦。

工作带给自己疲惫、委屈、危险的同时，也给了自己撑起全家人生活的力量和面对风险时的抵抗力。

很多时候我们都说，那些能赚大钱、能养家的人好厉害啊，但是更多的人却忽视了，每份光鲜亮丽的背后，都有着无人知晓的努力和坚持。

60

痴迷一词很有趣，痴迷学业，痴迷科研，可以有一番成就；痴迷权钱，痴迷情爱，就很有可能毁掉大好的人生。它可褒可贬，褒贬之间尽显了人性的善恶美丑、贪婪恐惧。

痴迷，让人有对学习工作的专注；痴迷，让人有艰苦工作的快乐；痴迷，让人有坚持不懈的毅力。这痴迷展示了人性的伟大，也指引着他们取得了伟大的成就。

巴尔扎克说：‘痴迷于某个事业的人，会取得令自己惊讶的成就。”这句话盛赞了痴迷的作用，可以说，痴迷是成功的最佳捷径。

蒲松龄说：“书痴者文必工，技痴者艺必良。”何不去痴迷，成功等待着痴迷者！

61

一路走来，我们都是在跌跌撞撞中学会了坚强，在起起落落中悟得了淡然。渐渐明白，人生一世，有些路，必须要自己走一遍，才能活得通透。对于已经流逝的光阴，我们需要学会的是接受。

有的时候不得不承认，人确实是经历了一些事情之后，就悄悄地换了一种性格，告别了从前的那个自己。而现在的自己，会与生命一起成长。

未来的时光，愿你轻装上阵、奋力拼搏。往后的每一天，愿你我都能与幸运不期而遇，与美好温暖相拥。

用乐观的心态，执着于理想，纯粹于当下，将爱与美好融入岁月滋养。

62

曾经，我以为一个人只有成功了，才会获得别人的尊重。所以，我一直都在努力去变得更好，觉得自己只有这样，才有机会获得所有人的尊重。

直到后来，有一位长者告诉我，别人尊重你，其实并不是因为你有多优秀，而是因为别人自己优秀。

一个优秀的人，更会懂得去尊重别人，而尊重别人，更是一种教养的体现。

事实证明，一个优秀的人，都会从内心深处发出对别人的尊重，这样的尊重，绝不仅限于任何身份和利益。

人的内心都渴望得到他人的尊重，但也只有你先尊重了他人，才能赢得尊重。就让我们每一个人都去先尊重别人吧，因为尊重别人就是尊重你自己！

63

人的命运往往为思维方式所左右，只有勇于跳出原来的格局，以一种崭新的思维方式去思考人生路上遇到的难题，才能真正扭转自己的命运。

确实，当一件事遇到瓶颈时，及时转变思维，才是破局的关键。思维决定出路，我们很多的忧虑、烦恼、担心、绝望，往往不是来自客观事实本身，而是缘于我们人生经历中长期习得的消极思维习惯。

一个人的思维决定了他的世界观，也就决定了他的格局，最终决定了他的命运。所以，我们常说，什么思维什么命。

为了更好地过这一生，我们要远离思维负数，毕竟人生没有彩排；提升思维层次，不断取得各种成就；跳出思维圈子，提升原有固化格局。人的一生，都浓缩在思维里。

人生在世，有时候用转变的思维另辟蹊径，效果更佳。

64

要想做成一件事，最好的方法是：留三分，付七分。人生在世，留三分迟钝以保命，付七分清醒以谋生。

很多人认为，勤奋努力，就是要废寝忘食地蛮干，仿佛多休息一秒就是可耻的。这种盲目的“苦熬”理念，误导了许多人。

人生要努力，也要勤奋，但是需要找对方向，劳逸结合。短期的过度用力，极容易造成身体和心理上的挫伤，真正的高手靠的不是激情，而是恰到好处的投入。

人生别太用力，慢慢地付出；凡事轻拿轻放，保留一份迟钝感；把时间花在刀刃上，事半功倍。要相信，一切经历都会成就更好的你。

65

人无论多少岁，都不能放弃对生活的追求。可以没有出众的容貌，但可以通过锻炼拥有好身材；可以没有大牌衣物，但起码要把自己收拾得整洁干净。

得体的外表，是给岁月最好的修饰。认真对待生活的人，才能获得生活的垂青。

翻看朋友的朋友圈，看到的是，别人有车有房又有娃，娃成为别人家的孩子，成为行业的领导者、优秀者的故事。

有人活在醉梦里，有人活在抖音里，别人的生活虽好，但终究是属于别人的。自己的生活虽有不足，但也温馨简单。

享受属于自己的简单生活，向往属于自己的幸福快乐，这才是自己的追求。

66

生而为人，无须事事争强好胜，但是，必须得有底线。

一个人若是一再挑战你的底线，而你却一再让他过线，换来的，不是感激，反而是指责。

当你一味忍让时，他若不懂感恩，不如翻脸。

一个人的一味善良，滋养的是别人的贪婪，也让自己觉得付出有所不值，陷入自我否定与人间不值得的痛苦里。

处理人际关系时，其实就是守好自己的边界。边界之外，随和退让；边界之内，寸土不让。

为什么别人总喜欢欺负你，只因为你好欺负。在你身上，哪怕犯了错，他也无须付出什么代价。所谓得寸进尺，便是如此。

余生很贵，你的善良请留给值得的人。

67

我们总是渴望能得到理解，但往往是你掏心掏肺地跟人吐露心声，别人却把你最不能言说的痛苦，当作茶余饭后的谈资来消遣。

越活就越明白：这世上没有感同身受，有的痛只有自己能理解，有的苦只能自己去承受。因为没人懂，所以必须学会隐忍；因为没人陪，所以必须学会坚强。

与其试图赢得别人的关注，不如完善自己。当你不断充实自己，充实自己的内在力量时，你就不会在乎别人的看法了。生活的方式是活出自己，活出自信。

挖掘潜藏在自己体内的弱点，充分认识自己，并不断改造自己，从而有所长进，取得成功。

68

心起念，念及想，想至说，说而做。生活，就是如此一步不落地展现出来的。

当你说话时，听得最多的人，就是自己。

从命理角度来说，口出恶言，经由耳朵夜以继日地聆听、灌溉，就种成了心田厄运的种子。

反之，口出善言，就像播下善良的种子，无形中就会收获岁月的芳华。

从能量角度来看，说一些负能量的语言，就是在吸引同频道的事件上门。反之，说一些正能量的话，就会吸引越来越多的美好来到我们身边。

所以，我们一定要经常说正能量的语言，去创造生命中的美好，从而一点一滴地改变自己的命运，笑得灿烂，笑到最后。

69

闲来抄书消遣，发现古人对“忍”字的称誉颇高，我以为唐代诗人杜牧说的“忍过事堪喜”一句最妙。这句话的好处，不仅说出许多事在忍过之后，会向好处转化，同时还道出了人生的一种境界，使让人难耐的“忍”变得可亲可爱起来。

一个“忍”字包含了人的多少修养，多少睿智的眼光，还有多少心智的成熟。

忍其所不能忍，方能强大心智，无论是在困境中，还是在他人嘲笑的目光中，你必须依然神情泰然，心智常明，知道自己什么该干，什么不该干。

越王勾践卧薪尝胆忍了10年，在那些非人的日子里，他唯一能做的事便是默默忍受，强大心智，保持最冷静的头脑，默默蓄积自己的力量，这样才能做到“三千越甲”吞吴。

人生在世，可曾尝过被人轻看的滋味？对那些瞧不起你的人，最好的打脸方式，莫过于这四个字：强大自己。

70

生活只在你我的心里，而不在别人的眼里和嘴里。学会不在意他人的看法，才能在自己的世界里走得步伐坚定，活得风生水起。

人生在世，与其费尽心思讨好别人，融入你不喜欢的圈子，不如沉淀下来，尝试着与自己相处。

远离一切不喜欢的社交，沉浸在一个人的世界，做自己喜欢的事，放飞心灵，丰盈自己。

我们在独处的时候，也就找到了自己生活的真正意义。

人这一辈子，有所为，有所不为。什么事情能做，什么事情不能做，内心一定要有所权衡。

守住内心的底线和原则，做事堂堂正正，做人坦坦荡荡，才能一辈子受人敬重，活得心安。

71

人活着，都不容易。痛了，忍一下就过去了；哭了，把眼泪擦干就好了；孤独，习惯就好了。你不坚强，没人替你勇敢。

人活的就是一个心态，凡事想开些，不要过于为难自己，让自己的心豁然开朗。别在一件事情上纠结太久，纠结久了，你会累、会烦、会厌、会伤心。实际上到最后，你就是在跟自己过不去。

别贪心，我们不可能什么都有；别灰心，我们不可能什么都没有。在这短暂无常的人世间，就自在随心地活着吧。

命运不会将所有的幸福都集中到某个人身上，知足才能真正快乐。平是幸，安是福，只有真正的知足，才会有真正的快乐和幸福。

72

人生总有很多意想不到的事情，有时候会从你手中拿走一些东西，有时候又会给你一些惊喜。

生而为人，不可能事事都如意，那你一定要相信，有得必然也有失，有失也必然会有得，得失才是生活的常态。

我一直相信，有一些失去，其实是另外一种得到。

年轻的时候，我们在社会上摸爬滚打，都受了社会的毒打，经验不足。并且，那个时候的我们依赖性也很强，独立性很差。随着年岁的增长，渐渐明白了一些道理。

我们本就一无所有，何不从此刻做起，努力奋斗，迎接挑战，走出人生的低谷，顺势而起。看清现实，相信自己。

73

小时候，谁不是开心了就笑，难过了就哭，受了一点委屈就要找人抱怨，求人安慰。

只是后来，我们慢慢就失去了倾诉欲，学会了说“我很好”。

不是不会疼，只是早就习惯了伪装自己；不是不难过，只是知道说了也没意义。

年少时，每个人都是锋利的剑，可惜岁月是磨刀的石。你心气再高，也高不过命运的苦；骨头再硬，也抵不过生活的难。

很多人的失落，是违背了自己少年时的立志。自认为成熟，自认为练达，自认为精明，从前多幼稚，总算看透了，想穿了。于是，我们就此变成自己年少时最憎恶的那种人。

74

五粮液从来不骂茅台，茅台也不说五粮液，双方成为世界名酒。在 2016 年宝马百年庆典，奔驰发来“贺电”写道：感谢 100 年来的竞争，没有你的那 30 年，其实感觉很无聊。感谢宝马让我们知道什么是成长和追求。

你看，强者互持，弱者互撕。人活着发自己的光就好，何必吹灭别人的灯。

越长大，越知道每个人都有难处，也就越不再随随便便发表评论，或者瞧不起谁。这不是虚伪，而是懂得体谅，温柔地和这个世界相处。

帮助他人获得他们所要的，然后你将会获得你所要的。帮助别人，就是帮助自己。

75

一个人真正的强大，从清心寡欲开始。

人生最大的愚蠢，就是在没有发生的事情上胡思乱想，不仅费时又费力，没有意义，还会把自己折腾得疲惫不堪，无心生活。往往把一件可简单处理的事情，却要关联无数复杂的问题，结果又累又不好，事倍功半。

层次高的人，思想简单而快乐，行为明确而执着，态度温暖，内心充满真诚、善良、美好。只有当思想简单，心中的杂念清除，才能做更好的自己，真正品味生活之美。

成功最好的方式就是专心致志，把干扰自己的负面思想和杂乱念头转换为正念、正知、正见。

76

人，都是有惰性的。俗话说“斗米养恩，担米养仇”。

不懂感恩的人，给得再多，也当成了你对他的亏欠。由此，好心成了寒心，迁就成了纵容。很多时候，人越惯，越肆无忌惮；情越盼，越大失所望。我们永远也喂不饱不懂感恩的心，永远也盼不来无缘的情。

生活里常有这样的事，第一次为一个人提供帮助时，他会对你心存感激；第二次他的感恩心理就会淡化；到了多次以后，他简直就理直气壮地认为这都是你应该为他做的。所以，人的善良一定要有度。当一个人不思进取、一味索取帮助时，请及时收起你的善良。

人，只有怀揣适度的善心，才能过得舒心。

77

我们时常自以为最了解自己，但其实不然。很多时候，我们只不过是“自己”的奴隶，它在叫你做什么，你就立马去做，没有思考，没有判断，没有拒绝。

晚上一人千想万想，幻想着自己不久将来日子千变万变，越想越兴奋，好似马上就成功了一样。但第二天醒来，一切都一成不变，就连自己，依然重复着昨天的事。

只有主动改变自己，提升自己，你才能成全自己。凡事先从自己身上找原因，找机会，找可能性，你会发现，时间久了，就没有什么难题你遇到了是解决不了的。

回到生长自己的土地，踏实、温暖、自在，像梦里那般温馨、美好。

78

一个人的豁达，体现在落魄的时候，人在落魄的时候，更容易倒霉。所谓“麻绳专挑细处断，噩运只找苦命人”，因此，落魄的时候要调整自己的心态，保持良好的精气神，要豁达。

豁达的人，心胸广阔，宽宏大量，达观处事，息事宁人。面对别人的猜忌或误解，不以为意，一笑了之，不计前嫌，甚至以德报怨。

一个人的涵养，体现在生气的时候。发脾气是本能，克制住是本事。人与人相处，难免会有摩擦的时候，但发火不是本事，懂得控制才是厉害，明白生气只是拿自己的错误或者别人的错误惩罚自己，徒劳无益。

人品，不是风平浪静时的伪装，真正的人品，必须经得起怒火的考验。

79

人老了，太闲，真的是一种悲哀。无事可做的痛苦，只有经历过的人才明白。

未知的世界让自己感到恐惧，一生经历过很多的苦难，都没有打倒过自己，然而最终败给的却是晚年的“闲”。闲着，就是一把利刃，会把你的意志和锐气彻底消耗殆尽。

因此，人老了，必须要学会给自己找一些事情去做，把年轻时想做却没有时间、没有条件做的事情重新拾起来，充实晚年的生活。未必一定要有什么样的收获，只要内心充盈满足便够了。

哪怕一切从零开始，却终究是自己的精神力的寄托。比起人老了，终日纠结在家庭、儿女的琐碎生活之中，能有属

于自己的世界，这才会更快乐。

80

有没有一些时候你会发现，你是看不惯别人的，有时候一个人什么都没做，你却觉得不好，或者是一个人做了什么，你也会觉得不够好的。

其实，当一个人看不惯他人的时候，有时候并不是他人的问题，而是要去想想是不是自己的问题。

必须知道，每个人的生活方式是不同的，每个人的生活习惯也是不同的，而我们所能够做到的，就是接受。

不得不说，能够看惯别人的人，境界很高，格局也是很大的。

当你做到了能够看惯别人的时候，你也会变得与众不同。而当你做不到的时候，就努力修炼自己，让自己做到吧。

81

人活着，不能没有温暖；人活着，是一定要有点精神。所以，现在我们要把“玩”字提出来，把“玩”提到一个新的意识高度。

人生存的最高理想，就是“玩”，还要“玩”出境界，“玩”出尊严。在玩的过程中享受每一刻，每一个小进步。每一天的收获都不同，却也不断地提高、沉淀。

会玩，关键在于无论顺境逆境，都要有能娱乐自己的心。

会玩，就要沉得住气，深入学习和琢磨，追求极致，打造特色。

会玩，重在过程的期待、曲折，反复尝试，最终取得胜利的心理体验是前所未有的，也是玩的真正的乐趣所在。

玩是天性，无可厚非。但是如果沉迷于个人爱好，不管本职工作，那就是玩物丧志了。

82

人生最高的境界是宽恕。不论过往种种的爱与恨、错与对，只要你放下，一颗心就如明月一样明亮皎洁，千里澄灰。

岁月的慈悲，总是让时间和阅历慢慢改变一个人，但是，固执的心性，总有一些骨子里的东西不会变。性情其实和年龄无关，岁月可以苍老容颜，却永远无法侵蚀一颗原本柔软率真的心。

人的一生，是你自己的一部戏。从开场到落幕，是你波澜壮阔的一生，也是不容易的一生。你是导演，也是主角。但请相信，只要心怀懂得，心怀慈悲，定会是无悔无憾的一生。

83

人生阅历和经验固然重要，但有时也会成为一把枷锁，把自己困在偏见的牢笼里。

蒙田在《随笔集》里写道："认识自己的无知，是认识世界最可靠的方法。"

以空杯心态去求索知识，以成长思维去认识世界。努力的推翻一堵堵经验主义的墙，让我们的天地变得更加辽阔。

在知识经济时代，科技飞速发展，知识更新加快，如果不虚心学习新的知识和方法，即使你原来的专业知识很扎实，也一样会被社会的进步潮流所淘汰。所以，要活到老，学到老。

去掉过时的知识，充装新鲜的知识，为新能力的进入留出足够的空间。

84

成年人的社会，言语并不能表达出所有的东西，有时候口头的暗语和表面的迹象总会给人以言外之意。

我们应当学会辨别，仔细聆听，善于把握，别傻乎乎的不知所以，任人瞧不起而不自知。

能够读懂别人的内心、善于察言观色是一种能力，这种能力常常让我们能够辨别出对方的真实意愿，从而做出最正确的反应，避免少走许多不必要的弯路，让自己的人生之旅走得更加舒心、顺畅。

只要善于倾听，仔细分辨，淡然处之，我们一定会做出正确的判断和回应，让我们在人际交往中更加顺利和自信。

85

海明威说："我们用两年去学会说话，却用六十年来学会沉默。"

当我们因自己多说的某些话付出过沉重的代价以后，才会恍然大悟，明白沉默的重要性，也开始学会沉默。

苦而不言的沉默，是因为懂得比抱怨更重要的是积蓄力量，沉淀自己，在韬光养晦中等待着一鸣惊人的机会。

喜而不语的沉默，是因为懂得以一种平和的心态去面对世事，进退有度，默默努力，朝着更高的方向走去。

沉默的时候，内心是安静的，此时我们才能更容易听到心底深处的声音。

学会沉默，是一种沉淀，在沉默中不断沉淀自己，让自己有足够的底气去对抗命运，让自己有足够的能力去过好生活。

86

真正强大的人，一定要学会坚忍。累了休息，痛了忍着，无论如何，都不要被困难打败。

为了让自己在乎的人过得安稳幸福，为了把自己应该做的事做到极致，必须不顾自己承受怎样的苦楚，日日奔波劳碌，决不吭一声。

没有人天生就很强大，都是历经磨难，一点一点变强大的。如果，现在的你正处于某种困境，觉得人生很苦，生活很累，请一定要学会坚忍。

坚忍，是坚强和忍耐。坚强起来，就没有什么能将你打败。学会忍耐，就没有什么能让你退缩。

人生既是修行，也是历劫。愿我们都能学会坚忍，做一个真正强大的人。

87

在生活中，你可能面对工作上的不如意，学业上的不容易，商场上的沉浮，你觉得世界如此不公平，你每天活在重重压力下，你看不到生活的希望，你甚至想一死了之。

其实，相比那些连工作都没有的人，你已经够幸运了；相比哪些上不起学的孩子，你也已经够幸福了。那些比你不幸很多倍的人，他们都在努力地生活，你有什么理由放弃呢？

当你在抱怨鞋子不好看的时候，可有些人却没有脚；当你在抱怨男友给你买的戒指丑时，可有些人却没有手……

把自己对生活积极的态度传递给每个人，用行动教会每个人都去热爱生活，每时每刻，活着就是一种最简单的快乐。

88

人活一辈子要做到言而有信，否则，你将失去人品，失去一段无价的感情，失去一个真心把你当朋友的人。

人生路上，如若你遇到了愿意借钱帮助你的人，那么恭喜你，你遇到了真心待你的人。他不但是最在乎你的人，还是你生命中的贵人。

感恩生命中那个愿意借钱给你的人吧。借了别人的钱，一定要信守承诺。不管自己是怎样的境遇，一定要按照约定的时间还钱。不要因为一点点的钱，就“出售”你的人品，“出售”你的友情。

有幸遇到愿意借钱给你的人，那是你的福分。人活一世，珍惜善待你的人，就是一种获得幸福的方式。

89

不要给自己过高的目标，也不要太高估自己的能力，压力是一种动力，但是当压力超出了承受的范围，你会被压垮。

你只是个凡人，没有三头六臂，不会七十二般变化，你不可能什么都能，样样都做得最好。

你不可能满足自己所有的目标，你也不可能满足所有人的期待，一切尽自己的本分做好，就够了。不要让自己活得太累，想开，看淡，放松。人不可太精，事不可太勤，否则累人，累己，累心。

王者并不是那些成功的人，而是尽力而为的人。所以请你记住这四个字：尽力就好。

90

人生没有捷径，所有的成功，不过是厚积薄发。只有脚踏实地，奋勇直前，才能得到甘甜的果实，才能活出精彩的人生。

人生没有捷径，该走的路，一步都不能少。路要一步一步走，饭要一口一口吃，日子要一分一秒过，爱情要一生一世相守。人生就是一个过程，如果你一口气就跑到了终点，那就是走向消亡，毫无意义。

人生没有捷径，因为现在选择了捷径，往往就会在未来受到选择捷径的后果。选择捷径往往意味着会产生更坏的结果。

人生没有捷径，所有的成功背后，都是艰苦的付出和努力，运气也只是在你积累到一定程度时的“水到渠成”，而不是坐享其成的“天上掉馅饼”。

91

你对自己有多狠，你的生活就有多稳。人这一生，说到底就是一个逐渐做好自己的过程。你的每一个看似微不足道的习惯，都会在某个时刻影响你的人生。

不管是生活还是工作，凡事提前 10 分钟，你就永远不急不乱。

说话提前做个思考，便能思路清晰，妙语连珠；工作提前做安排，就能更快更从容地进入状态；出行提前动身，就不怕堵车的意外……

在这个分秒必争的时代，生活就是一个没有硝烟的战场。

10 分钟是细枝末节，但提前 10 分钟就是深见远虑。你的时间观和原则性，就是你留给世界的最好印象。

92

每个人尽管都拥有生命，却未必真能读懂生命；每一个人都拥有头脑，却并非真就善用头脑。我们都需要师长的点拨，家长的督导，自己的钻研，才一点点开窍。

我们必须习惯，站在人生的交叉路口，却没有红绿灯的事实。在这场漫长的自娱自乐的旅行中，未必要有讨别人欢心的小聪明，每天却应有讨自己的欢喜的大智慧。这样，你才有跳的底气，笑的本钱。

生活的残酷之处在于，看上去两三步的距离，也许一辈子都走不完。而生活的迷人之处恰巧反过来，一辈子都走不完的距离，却能给你一种看上去两三步就能到达的错觉。

“世上无难事，只怕有心人”，若自己真能细心、巧心、耐心、专心地去分析，去思考，去计划，去执行，就一定能冲出人生一个又一个的精彩转折，摘到芬芳的硕果。

93

有时想想，接受“人在困境中努力的样子总会有点狼狈”，或许能够解开许多内心不必要的桎梏。

我很清楚，作为一个既没有过人的天分，又没有任何背景的孩子，若是想追求自己的梦想，过程中总会有许多狼狈，许多窘迫，许多遍体鳞伤，才有可能到达现在这种状态。

“用力地狼狈，好过用力地后悔”，歌里总是这么唱的。那就往前走吧，把沿途的困顿不安，沿途的狼狈伤感，都当成必需的给养，当成追梦的前奏。

想必大多数经历过那种艰难挑战的人，都能懂这句话：“不管再遇到什么，想想自己当初拼了命努力的那个样子，简直没啥挺不过去的。”

94

机会是什么？机会就是别人不知道的你知道了，别人不明白的你明白了，别人犹豫或不做而你果断地做了。当别人知道了，明白了，想要做时，你已经成功了。

机会就是这样，总是偏爱少数人，因为大部分人都有一种惰性，喜欢跟风，人云亦云，所以机会总是给有准备的人……

机会就是你摸爬滚打中突然闪出的那道亮光，是你苦苦求索中蓦然发现的那根独木桥，而绝不是天上掉馅饼。

山重水复疑无路，柳暗花明又一村。先有山重水复，后才是柳暗花明，雨后彩虹必须是雨后才能出现的。如果你想把前面的省略掉，那么后面出现的就只能是海市蜃楼，是幻景。

机会就是机遇，就是好的境遇。人生的机会不会太多，而机会是留给准备好的人的。

95

人最可怜的是什么时候？是当自己连100元都借不来的时候。这个时候的人想起曾经一起吃顿饭都上千的生死兄弟，真是欲哭无泪。

痛苦正是自己树立志气的最佳时刻，只有这个时候，才能够清醒地认识自己，认识自己的周边朋友。

失败了，痛苦了，才知道什么叫作人情冷暖，世态炎凉，才能看清以前自己认为高高在上的人的真实面目。

这时候，才能清醒地告诉自己，永远不要高估自己在别人心目中的位置，一切只能靠自己。

一时的贫穷不代表一世的贫穷，一时的失败不代表一生的失败。真正的强者可以倒下，但绝对不会认输；真正的强者总是会努力地去把危机化成转机，把逆境变为顺境！

96

一个人如果擅长求助，首先说明他的人际友好度比较高，乐于跟别人协作，那也说明他有调动和整合资源的本领。

一个人不怕向别人示弱的话，就说明他的目标感也大过了所谓的自尊心。这样的人，他在未来肯定更能成事。

对于一个社交高手，求助不是“万不得已不开口”，反而是经常“无中生有”地求助。

我们以往总是担心求助会欠人情，但是通过拆解，你会发现求助是一种社交行为，求助别人不是有多麻烦的问题，而是你值不值得被帮的问题。

必须知道求助完成后，要完成一个感谢闭环。这里千万不要马上给予对方物质回报，这很容易把一个高水平的交往求助，变回了低水平的利益交换。总之一句话，要欠来欠去，才能模糊你我的界限，加深彼此之间的友谊。

97

人的力量，其实是有限的，很难事事都能做到完美无缺，也许有时候比起逞强好胜，可能退一步是更好的选择。

敢于挑战生活中的困境，是很勇敢的做法。不过，如果不懂变通，太过鲁莽的话，还是会伤害到自己的。就像在做数学题一样，答案也许只有一个，但做法却有很多个。

有时候想要达到自己的目的，除了“激流勇进”，还可以选择“急流勇退”。

我们从小时候开始，就被灌输一个道理，“坚持就是胜利”。所以，很多人在碰到困难时，都选择咬牙支撑。不管付出什么样的努力都要走到最后，甚至还养成了撞了南墙也不回头的习惯。

每个人都知道适可而止怎么写，也知道这个词的意思是什么，但能真正做到的人却又不是很多。

若是能做到见好就收，在合适的时机抽身而去，那就是一种人生的智慧。

98

每个人都有自己的梦想，有的人一直坚持，有的人半途而废。坚持的人自始至终都知道自己想要什么，半路放弃的人在中途便忘记了自己的初心。

人这一生，一直处在变化之中，但不管外境如何，都不要迷失了自己的本性。初衷易得，始终难守。不忘初心，方得始终。所谓始终，即有始有终，即圆满。

所以，我们做人做事永远不要忘记自己的初衷，不要丢掉自己的善良。只有这样，人生才会更加美满顺畅。

人这一生，会遇到各种各样的事情，也会遭遇很多的不幸。余生，不管你幸运与否，愿你都能学会收住脾气，反观自己，放大格局，坚守初心。

99

年少时，我们力求和身边的人打成一片。甚至为了成为别人口中合群的人，做过些许违背本心的事情。

一学到点儿什么皮毛，就迫不及待地找人显摆，试图证明自己的学识渊博。和人观点不同、意见相左时，即便争得面红耳赤也不相让半步。

少年的一腔热血和赤诚，让我们有了嫉恶如仇的勇气，却也少了分辨是非曲直、看清本质的穿透力。

直到两鬓有了岁月的痕迹，皱纹也悄然爬上了眼角，看尽了世间百态，经历了人情冷暖后才顿悟：世界除了黑白还有灰色。和人不争的人，才是有大智慧的人。

告别昨日温暖的记忆，告别所有的幸福和美好，也告别生命的离去，并祝福着缘来缘去的苍凉。

100

人在追求预期目标而失败时，为了冲淡自己内心的不安，就百般提高现已实现的目标价值，从而达到了心理平衡的现象，称之为甜柠檬心理。

柠檬本来是又酸又苦的，难以下咽，但若将其榨汁，做成柠檬茶却十分清新可口。甜柠檬心理是一种战术，让人们更好地接纳自己。

每个人都有自己的优点，都有自己的优势，每个人也都有自己的特点，千万不要轻易说自己这不好，那不如人，不妨试试“甜柠檬”心理，学会接纳自己，逐渐增强自信。

接受自己是建立自信心的前提，一个人在面对生活中的困境与不幸时，倘若任其摆布，那就上了生活的当。负面刺激会让一个消极的人就此倒下，从此一蹶不振，而积极的人则会越挫越勇。

101

一个人最大的悲哀，不是身上有毛病，而是不知道自己身上有毛病。

在知识和技能水平较低的时候，人们的自信水平反而出乎意料地很高。能力不足的人往往会有一种脱离实际的自我优越感，他们会高估自己的能力，同时也看不到自身存在的问题。

人生最大的问题就是看不清自己，还总喜欢揣摩别人。

就好像世俗之人，总是站在自己的角度将自己标榜在道德的制高点，去判断和评价别人的对与错。

真正强大的人，都活在自己的心里，不高看自己的能力，也不低估自己的价值。一步一个脚印，不断走在强大和提升自己的道路上。

102

一个人变老，不是从长出第一道皱纹、第一根白发开始，而是从放弃自己那一刻开始。

能做到对自己始终不放弃的人，不会变得更老，只会变得更好。

有些人真的一辈子都是年轻人，他们就没变老过。这是肺腑之言，因为这样的人我也认识不少，很羡慕他们的那种状态。

他们永远在学习、成长，拥抱新世界，而不是固步自封，停滞不前；他们永远都保持旺盛的好奇心，对什么都兴趣浓厚，愿意且敢于尝试，无限拓展生命的长度和深度，一辈子活得比人家几辈子还丰富多彩。

很佩服那些70岁还报培训班学习新技能的人。在他们身上，往往看不到年龄感，只有激情和活力，只有战斗和梦想，这是非常了不起的。

从今天开始，用心去生活和感受，年龄只是一个数字，衰老是必然的趋势，但年轻却是可以一直拥有的。

Chapter 03

自我管理

君子有九思：视思明，听思聪，色思温，貌思恭，言思忠，事思敬，疑思问，忿思难，见得思义。

——《论语·季氏》

1

不妨，我们时刻提醒下自己，把开心当作一种习惯。

或许我们喝不到昂贵的茶，但是能够拥有喝茶时闲淡、清雅的心情，也未尝不是一种人生的美。

或许，我们住不到大房子，开不上好车子，但能够家人闲坐，灯火可亲，也未尝不是人生的一种圆满。

我们虽然改变不了什么，但我们可以改变自己对这些事物的态度，用更加积极的心态去看待事物，无论保持怎样积极乐观的态度，也是一种理智的胜利。

快乐来临的时候就自然地享受快乐，痛苦来临的时候就坦然地迎向痛苦，在黑暗与光明中，既不回避，也不逃离，以坦然自然的态度来面对人生。

心美，看一切都美；心美，当下的一切皆美。

2

成人的世界总是很矛盾。

我们有时好像变得有些麻木：处理不完的琐事，应付不断的交流……心里的海啸无人知晓，表面却要依然云淡风轻地微笑。

我们有时好像又变得有些感性：匆忙时刚好赶上了车，下雨时恰好带了伞，陌生人的一句“谢谢”，都够开心很久……共情、同理，热爱那些细碎的小确幸。

时间有限，人生难得，要做一个情绪稳定的成年人，哪怕世事浮躁，也不要被情绪引导。人生在世，不如意之事十之八九，若是一直被这些不良的情绪左右，那这一辈子过得有何意义呢？倒不如既来之则安之，随遇而安。

3

人这一世，生气的点可太多了。家庭生活里，令人糟心的大事小事不断；工作生涯中，总会遭遇不公平的待遇；交际往来时，时常“人善被人欺”……生气总有理由，但是很少有充足的理由。

如何才能做到不生气呢？其实很简单。化解生气最好的办法就是争气。有生气的时间和精力，不如增强自己的实力。这年头，情绪很廉价，生气没有用，只有赌口气、争口气，才是最好的出路。

争气，不是鼓励我们争先恐后得第一，而是学会与情绪和平共处，大气沉稳、闲庭信步，别人生气我不气，这是一种人生的境界。

4

一个爱胡思乱想的人，就算生活得顺风顺水，也会无端臆想出诸多不易。总是会控制不住自己的思绪，总会担心一些负面的事情，于是，活得胆战心惊，活得唉声叹气，活得全是烦恼忧愁。何必呢？想那么多，心累身累，实在不值。

人活着，必须要拥有一颗看淡一切的心，这样才会活得比谁都自在，再多的纷杂也乱不了你的心，伤不到你的情绪。

要淡定，别总在意评价；要知足，别总羡慕嫉妒；要乐观，别总患得患失。放平心态，让一切顺其自然，才能收获到生命的从容与淡定。

请记住：把心放宽，不怒不恼，时时微笑，去感受世间美好。

5

有一种累，叫想得太多。常言道："有心者有所累，无心者无所谓。"深以为然。

很多时候，人之所以会感到很累，就是因为想得太多，放不下内心的执念。心事越重，压在身上的负担便越沉重。其实，生命中的很多烦恼困惑，都是我们自己在和自己过不去。

人这辈子，万事万物，自有定数，活得简单平淡就好。

俗语有云："日出东海落西山，愁也一天，喜也一天；遇事不钻牛角尖，人也舒坦，心也舒坦。"不要想得太多，不要给心灵负累。

漫漫人生路上，没有谁会永远一帆风顺。当你觉得很累的时候，换个角度想想，世界上比你难的人多了去了，没有过不去的坎。这世间，除了生死，都是小事。

卸下你的累，让往事清零。

6

人活一生，过的是心情。生活一场，活的是心态。好不容易来人间走一遭，开心是一天，不开心也是一天，为何不让自己开心度过每一天呢？

你以为生气，可以吸引对方的重视，结果却是变本加厉；你以为生气，可以让对方知趣，结果看到的却是无所谓。

人活一辈子，最重要的是开心，要让日子过得翩翩起舞，即使夹缝中也能开出花儿来。与让自己开心的人在一起，再苦的日子，也会有满面春风的欢喜。假若没有，就和自己在一起。学会自己哄自己开心，让自己一个人也要活得漂亮。

愿我们每个人，都能遇上让自己开心的人，也能让自己成为太阳，怀揣一束光，为身边人带去温暖。

7

人在生活当中，难免都有情绪，但能控制情绪的人，才能做心态的主人。你有什么样的心态，就注定你有什么样的生活，想要过好这一生，首先就要有一个好的心态。

谁都有脾气，但要学会收敛。在冷静中思考，在忍耐中观察，别让冲动的魔鬼酿成无可挽回的错。有一种能力，叫控制情绪。

当你能控制自己的情绪时，你就是优雅的。优雅不是训练出来的，而是一种阅历。时间流逝，老去的只是容颜，而灵魂却可以变得越来越动人。

忍让、控制情绪并不是软弱可欺，而是一种大气与远见。懂得自控的人，才能在各种环境中保持冷静的分析，寻找到解决问题的办法，从而走出困境，取得成功。

8

这是一个信息大爆炸的时代，我们每天都会被各种信息所包围和冲击。此时对于很多努力打拼得烦了的人来说，浮躁成了一个非常让人难以战胜的敌人。

很多人都想在短时间内取得人生很大的成就，我必须告诉你，浮躁的心态是完全不能有的。要想在短期之内获得巨大的利益，必须知道在这个过程当中，那些真正成功的人，都曾经经历了许许多多的坎坷和磨难。如果轻易地就能让你将这件事情做成了，除非你在这方面非常有天赋。

在这个过程当中一定要放下浮躁，静下心来，慢慢地向着自己心中想要的目标前进，这样，对于人生来说也不失为一种成功。

人世喧嚣，名来利往；放下浮躁，心静自安。人生的大自在，是心无羁绊、身无藩篱。活得坦然，就活得自在。

9

棋局如人生，稳得住的人才能收获最后的成功，反之，只会在无限追悔里懊恼不已。

稳得住的第一要素是稳住情绪。遇到突发情况，镇定自若，不要大惊失色、六神无主；遇到困难，执着坚定，不要轻易怀疑后退。遇到愤怒的事，谋定后动，尽力周旋，不要一冲动就不计后果。正所谓“喜怒不形于色”，“泰山崩于前而色不变”。

稳得住的第二要素是稳住心态。遇到烦心事时，不妨在心里默念一下：稳住。用一颗清醒的头脑去面对生活的纷纷扰扰，不要被消极思想所左右，明白自己想要什么，向着自己所规划的清晰路线大踏步往前走。

一个人，只要能稳得住自己，百事可成。

10

在中华几千年的文明史中，“忍让”被视为一种美德。在古代，“孔融让梨”更被传为千古佳话。

但是，“让”也是要有前提的，如果与你产生矛盾的人本性不坏，你忍让他一时能换得他的一份纯真感情，这样的人是值得你让的。如果他生性邪恶、贪婪、刻薄，那么你的让就变成了对自己的一种伤害。

不可否认的是，一时的忍让确实可能会让矛盾得以缓解，说不定原先那个犯错之人，反而因为你博大的胸怀而深深地敬佩你。

但是，对于刁钻、刻薄之人来说，你一味退让，只会让他觉得你是可以被任意欺负的对象，一个卑微的受气包。退到无路可退时，你就成了角落当中那个最可怜的人了。

把握好忍让这把尺子的度，让身边的人都能读懂你为什么忍让，这也是快乐的一种为人处世方式，试试吧。

11

人啊，不能让自己活得太累了，否则就无法好好享受美好时光了。试想一下，若是一个人长期生活在紧张、忧郁的状态下，那么就会在某一天被压垮。

就像琴弦，若是过于紧绷了，那么就会在某个时刻崩断。而人的精神状态也是如此，只有张弛有度，才不会轻易被困难挫折打败。

因此，当你觉得生活非常累，那么就要放慢步伐，让自己好好休息一下，放松心神，重新拾起对美好生活的向往，并且为之付出努力。

尽管说有压力就有动力，但是当压力超过了一个人的最大载荷，那么就会成为压垮精神的重要因素。因此，一定要调整好自己的心态，学会好好爱自己。

12

现代人越来越容易患各种各样的病，是因为不注重健康吗？不是！

太多人不惜重金把精力花在养生上，但这种想法是单纯地把身体看作一个机器，忘记了身、心一体，甚至身、心、灵一体。

情绪正在以一种悄然的方式，主宰着你的健康。人们只喜欢好的情绪，比如快乐，而把负面的情绪比如悲伤、恐惧压抑下来。

所有的负面情绪，比如委屈、憋屈、压力，全都累积在身体里，终有一天，一场免疫风暴就能带走人的性命。别等到来不及时，才想起我们本该好好珍爱自己的内心。

因此，做人，“养生”远远不如“养心”。养心请记住特别简单的两条为人处世的方法：

守则一，别为芝麻小事耗力气；

守则二，所有事情都是芝麻小事。

13

或许每个人都有失意的时候，越是失意的时候，越要稳住自己的内心，不慌乱。遇事心不乱，才是明智的处事方式，才能把事做好。

当你能够平心静气地面对一切，你会发现，其实生活中很少有解决不了的问题，那些以为过不去的坎，最终都会变成下一级台阶。

真正厉害的人，都能够保持理智的思维，遇事心不乱，然后不慌不忙、井井有条地处理事情。真正厉害的人，无论怎样，都不会让别人扰乱自己的心。特别是在失意时要做到内心不乱，不去抱怨生活，而是随遇而安，从容应对。

人生会遇到各种各样的事，无论是苦是甜，是得是失，沉得住气，才能遇事不怒；管得住嘴，才能遇事不争；稳得住心，才能遇事不乱。

14

有句话说得好：医生也许能帮我们治愈疾病，却不能帮我们增强体质；医生能开导我们走出阴影，却不能让我们远离伤痛。

是啊，不管是身体也好，还是心理也罢，最好的医生永远是你自己，真正懂你的人也永远是你自己。平凡如你我，谁也无法达到圣人的境界，谁的身上都会有这样那样的毛病。

很喜欢这样一句话：“一个人，需要窗户来看外面的世界，需要镜子来看自己的内心。窗户看到外面的明亮，镜子看到自身的不足。”

有了“自省”这面镜子，一个人才能提升自己的境界，做到心明眼亮，也才能不断成就更好的自己。遇事懂得从自己身上找原因，不仅是一种为人处世的智慧，也是一种顶级的修养。

每个人都有自己的缺点和毛病，重要的不在于此，而是在于你对待它们的态度。人最大的悲哀不是自身有毛病，而是不知道自己身上有毛病。只有善于反躬自省，及时发现毛病，努力去改变，人生才能行稳致远。

15

很多人内心浮躁，什么事情都无法沉下心去冷静对待，并且容易冲动，心情很不稳定，整天胡思乱想。所有浮躁的人，不过是擅于用欲望去取代行动。

这种情况下，人被欲望驱使，大脑更多地处于一种被情绪支配的状态，而欠缺对事物逻辑和理性的感知，缺乏面对事物的耐心和细心，缺乏合理的判断和思考。

人世间的许多悲剧，都是因为这些浮躁的人热衷于追求虚无缥缈的最完美的境界，而忽视平淡的生活所造成的。

唯有心静，方能从容前行。一个心静的人，摆脱了外界虚名浮利的诱惑，懂得心平气和地与自己相处，定然是心中有美景的人。

做人，要努力学会平心静气，只有心静，方能在生活路上突出重围，展示自己的人格魅力。

16

人的一生，会遇到很多问题，也经常会在十字路口迷茫和徘徊，不知道该朝着哪一条路往前走，也不知道自己已经走过的路是不是正确。每天都在忙碌，物质生活得到了改善，但是内心里还是缺少了幸福的感受。

人生的确很苦，困难很多，但是如果你有自己喜欢做的事情，无疑就是在这苦难的人生之中为自己找到了一方乐土，这样活着的人，才会从心里感到幸福。

因此，不管你有多忙碌，也要让自己拥有兴趣爱好，这不是在浪费时间，而是帮助你更好地面对生活。

人世间不公平的事情有很多，只有通过努力，让自己拥有实力，拥有真本事，才会活得自信、有底气。

17

一个有格局的人，能透过事物的表面看到本质，懂得理解和尊重他人的不同。每个人的人生轨迹不同，生活方式和爱好也不尽相同。就像是有人觉得香菜很香，而有人却觉得香菜很臭。

一位哲学家曾经说过："这世界上，有一半人的快乐，另一半人不理解。"我尊敬任何一个独立的灵魂，虽然有些我并不认可，但我可以尽可能地去理解。

以一个包容之心看待世间万物，才能遇见生活中的种种美好。只有玫瑰和茉莉一同开放，这个世界才会有参差多态的美。

余生很贵，愿你我都能做个有格局的人，尊重彼此之间的不同，看谁都顺眼。

18

遇事只懂得抱怨的人，是不可能有出息的。抱怨看似是简单的倾诉，实则是一场可怕的自我欺骗。它只会让我们把过失和错误归结于别人，从不正视自己的错误和不足，反而让自己越陷越深。

要知道，你的怨恨对别人根本产生不了多大影响，反而能禁锢自己的心，无限折磨自己。

要知道，计较和怨恨如同一座地牢，越是计较什么，越是被什么所困扰，越是怨恨什么，越是被什么所禁锢。

对于怨恨这种慢性毒药，唯有宽容才是唯一的解药。只有停止抱怨，才能让生活充满阳光，才能让心灵无限温暖。

19

人活于世，总有些人让自己相处舒适，心生欢喜；也有些人与之相处舒适度极低，甚至心生讨厌。

面对讨厌的人，没有必要把宝贵的时间浪费在他的身上，也不必独自生气，气大伤身，生气就等于用他的错误来惩罚自己。与其和讨厌的人争执纠缠，不如机智解决问题才是本事。

真正有智慧的人，对待讨厌的人不生气。懂得保持冷静，运用理智的思维，分清事情的轻重缓急，也知道该如何去面对讨厌的人，甚至远离他。

对待讨厌的人，聪明人会保持一段安全距离。放过自己吧，别在讨厌的人身上浪费太多时间，想办法坐得离他远一点。

不被情绪所控制，对待讨厌的人就会有千万种比生气更好的解决方式。

20

生而为人，幸福，浅浅的就足够，不要奢求太多。这样一来，就算你遭遇数不清的坎坷曲折，也能轻而易举地感受到幸福。

富有富的快乐，穷也有穷的活法，众生平等，贫富只不过是一个微小的差异。有些时候，贫穷的人甚至比富裕的人更加幸福，因为他们的精神世界远比富人充裕。因为不曾拥有，所以面对每一份收获他们都无比珍惜，并把它当作命运的馈赠。

幸福并不是梦幻，不是随风吹来，也不是由谁赐给，它存在于你自身坚定的心灵的耀眼光芒之中。身在这个世界上，每个人都渴望幸福的生活，无人例外。我们不妨把感受幸福的阈限放低，做一个懂得满足的人，知足就能常乐。

21

赞美，是专属于生活的浪漫。它就像一颗糖，在你生活觉得苦的时候，为你增添一些甜味。

它并不需要你有多华丽夸张的言语，它只需要发自于你内心的真诚，然后恰如其分地表达即可。

真的是，倘若赞美他人，便能为他人的人生增添一粒糖，让对方开心，又何乐而不为呢?

对自己同样要有一个清晰的肯定，在恰当的时候给自己一些赞美，才能从容淡定地翻过这充满荆棘的人生。

所以，别忘了：在失意时，给自己喊一声“加油”，赞美坚持不懈的自己；在得意时，为自己喝彩一声“真棒”，赞美了不起的自己。

人生实苦，你要学会哄自己开心。用一些好听的语言，赞美自己，表扬自己，让自己的心更自信，更有力量。

22

所有的人都有弱点，要善于找出自己的弱点，并努力把它改善，这样你就会成功了。找到这些弱点的目的是为了改变它们，而不是为了害怕它们。人性的弱点更像是一把锋利的剑，它给了我们动力，给了我们期望，我们每个人都应该是角斗场上的勇士。

我们无法克服人性的所有弱点，但我们应该努力看到这些弱点，并正确利用它们来改变我们的生活。

做一个自我反省的人，不断遇到更好的自己。做一个有智慧的人，获得更多的朋友。做一个快乐的人，笑对生活中的一切苦难。

从人性的弱点中，努力寻找自己的弱点在哪里，然后，不论如何，请保持本色，做独一无二的自己。

23

人，千万不要太把自己当回事。在浩瀚苍穹当中，你我就是一粒尘埃，不论你身处何种关系，永远保持谦卑低调，你的人生才会进退自如，胜友如云。

人这辈子，最不该做的事就是高估自己，任何时候都不要觉得自己很重要。

成功的人，从来不会把自己放在很重要的位置上，他们知道自己几斤几两。只有那些不知天高地厚的人，才会把自己看得相当重要，做任何事都高估自己。

那些优秀的人，基本都不会太看重自己，更不会高估自己。他们知道自己的分量，不会刻意地标榜自己，他们相信时间会证明一切，他们相信自己的优秀会在生活的点滴里展露他们的实力。

所有的事情必须等你做好了，那么大家一定会看到的，你的价值也自然会很好地实现。

24

真正优秀的人，是懂得尊重别人的想法，懂得换位思考，懂得不把个人想法和观念强加在他人头上。

谦卑是一个人最高级的修养，与身份、财富和地位并无必然联系。

谦卑，不仅体现一个人的人格魅力，也是一个人从优秀到卓越的必备品质。

需要注意的是，真正的谦卑不是故意摆出一副平易近人的样子，假装谦虚。真正谦卑的人，往往尊重自身的局限性，有着开放的头脑，能够听取他人的建议，也更能体恤他人的感受。

谦卑是一生的修行，这一生，你有多谦卑，就有多高贵。

25

别让“不好意思”害你吃尽生活的苦，你的“不好意思”正在慢慢毁掉你。

别人劝酒，明明自己胃不好，却不好意思推辞，一杯接一杯，结果把自己送进了医院；别人来借钱，明明自己很不乐意，却不好意思拒绝，结果轮到自己需要钱，却遭到冷遇。

生活中，种的什么因，真的就会得什么果。你无原则地与人为善，他人就觉得理所当然，不但没有换来对方的认可，有时候甚至还给自己带来了巨大的伤害。

学会保护自己，懂得坚守底线、拿捏尺度，清楚什么事、什么人才该帮忙，帮到什么程度。放下讨好，亮出底线，反而会得到别人的尊重和认可，自己也更轻松。

26

生活中很多因为情绪而闹出事情来的，最大受害者永远是自己，那些痛哭流涕的后悔事，大多是因为没有控制好自己的情绪。

在一时冲动之下做出错误的选择，进而造成无法挽回的损失。故而千万不能让自己的情绪冲动，这样不但对自己没好处，还会对别人造成伤害。

时间的长河会告诉你一个答案，就是在头脑混乱的时候一定要尽量让自己冷静下来，保持一颗清醒的头脑，这样才能更加具有思考力和决断力，才会看得更远也想得更深。

我们不得不承认的是，情绪是很难控制的，如果一个人能够很好地调控好自己的情绪，那么迎接他的一定是光明的未来。

27

在人的一生中，挫折和不幸总是占去大半，如果在面临不幸的时候，仍能保持对未来的希望，那就意味着你的人生还有希望。相反的，如果你放弃希望，生活就会让你知道什么叫碌碌无为。

遇到伤害，沉浸在痛苦中不能自拔，总想借助别人的力量拯救自己。别人能给的仅仅是安慰，一遍又一遍回忆痛苦，只会消耗自己的生命。停止内耗，才是人生变好的开始。

人生最自然、最健康的状态是：优秀的时候享受，糟糕的时候接受，有精力的时候努力，没精力的时候休息。

不要苛求自己，也别为难自己，积极努力地生活，做自己人生的掌舵者。

28

生活里，很多人遇事时便沉不住气，这样很不好。如何处理、解决问题，最能看出一个人的气度和胸襟、见识和格局。

遇到急事，如果心浮气躁，急于求成，往往会出错。急事总是给人压力，乱人心智，因此，遇急事要“缓”。

缓，是先缓平心态，认真观察，理清思路，确定方案。缓，是给之后的行动一个准备的时机，以达到事半功倍之效。

曾国藩说过一句话：凡遇事需安详和缓以处之，若慌，便恐有错。故从容安详，为处事第一法。

心态决定行动，行动决定结果。当心态和行动都稳稳的，终会圆满。

29

在某些情况下，人们需要的是保持沉默，而不是高谈阔论，滔滔不绝。有一种修养，叫保持沉默，沉默是金。

心直口快是好事，不过还是容易伤着人，一张嘴不能什么都说、毫不避讳。有时候，沉默是最好的处世方法。

不管别人发生了什么事情，都不轻易予以评价。不要过度地评论、关注他人的事情，否则，怕是会伤了彼此。

学会沉默，不仅是修养，更是保护好自己。话说得太多，被人抓住把柄，可不就是害人害己嘛。

沉默，有时候也是一种温暖。别人不走心的关心，反而还不如沉默更让人感到自在和舒服。

保持沉默，利人利己，何乐而不为。

30

人的欲望是无止境的，更是可怕的，尤其是当自己的能力无法匹配时。

欲望是无止境的，但我们实现欲望的能力却有限。当欲望得不到满足时，我们会痛苦；当欲望得到了满足，而满足感消失时，我们又会痛苦。只有学会感恩，学会知足，才能真正地破除欲望与贪念。

追逐欲望，追求更高更好，这本无可厚非，这也是人自身发展的动力所在，也能促进科技的发展与社会的进步，但是不要妄为、妄想、不切实际。

不要追求那些自己能力很难达到的事物，那样会让自己很疲惫。量力而为，更容易拥有轻松、淡定的人生。

31

人在愤怒时智商为零，这时候做决定才是最愚蠢的。很多时候，遇事不分青红皂白，没弄清原委，便贸然做出行动，只图一时快意，往往会导致遗憾和后悔。

在做决定前，多给自己一点冷静思考的时间，许多事情也许就会是另一种结局。

很多时候，眼见不一定为实，我们看见的并不一定就是事情的真相。凡事多等一等，或许会有不一样的转机。

千万别让愤怒和暴躁冲昏了头脑，冲动之下的鲁莽行为，极有可能会造成无法弥补的过错。

遇事冷处理，是一种为人处世的成熟，更是一种通透豁达的大智慧。

谁能够在惊愕之中保持冷静，在盛怒之下保持稳定，在激愤之下保持清醒，谁才是真正的英雄。

32

人应该驾驭外物，而不是被外物奴役。欲望不等于快乐，得到也并不等于幸福。学会简淡，懂得节制，一个人才能真正拥有内心的富足与安乐。

欲望越多，人索取的也就越多，受到的限制也就越多。时间久了，整个人的心气就会变得软弱，什么也不敢说，不敢做。

欲望越多，身上的枷锁也就越沉重，到头来处处都是雷区，处处不得自由。久而久之，整个人只能唯唯诺诺，对别人言听计从。

唯有不为欲望所累的人，才不至于阿谀奉承、唯唯诺诺，才能保住自己的心气和骨气。

33

我们时常自以为最了解自己，但其实不然。很多时候，我们只不过是“自己”的奴隶，它在叫你做什么，你就立马去做，没有思考，没有判断，没有拒绝。

主动改变自己，提升自己，你才能成全自己。凡事先从自己身上找原因，找机会，找可能性，你会发现，时间久了，就没有什么难题你遇到了是解决不了的。

回到生长自己的土地，踏实、温暖、自在，像梦里那般温馨、美好。

34

习惯是人们长期在生活中形成的一种生活方式。

人的天性大致是差不多的，但是在习惯方面却各有不同。习惯是慢慢养成的，在幼小的时候最容易养成，一旦养成之后，要想改变过来却还不很容易。

习惯是一种惯性，不由自主，身不由己。只要是人都会有习惯，有习惯才会享受自己的那份快乐。习惯是一把双刃剑，那便是有好习惯，有坏习惯。人一旦养成了坏习惯，要改掉是很难的。

好习惯才会有好的身体，好习惯才有好命运，好习惯会有好的人生结局，这些道理人人都懂。养成好习惯吧，一个人的习惯决定着自己的未来。

35

让人放心，是对一个人能力和品质的充分肯定。而“让人不放心”，是对一个人极低的评价。

一个人有能力、智商高固然重要，但它们只有建立在“让人放心”的基础上，才能真正发挥作用。

工作态度决定职业高度。一个让上司放心、得到上司赏识的人，必定是一个做事踏实、尽职尽责的人。

让父母放心，才是做儿女的对父母最大的孝心，才是父母最大的安慰。

有责任担当、不让爱人受委屈的丈夫，才会让妻子放心，而这也正是一个男人的魅力所在。

一个人最大的本事，就是让人对你放心；让人放心，人生之路才能越走越宽，越走越顺畅。

36

低调做人，有功不争功、不贪功，是一个人顶级的修养。“群众的眼睛是雪亮的”，不贪功，你的功劳还在那儿摆着，谁也抹杀不了，反而更能获得他人的尊敬。

是你的跑不掉，不是你的，强求也没用。强取狂捞，难免就会逾越雷池，手伸到他人和老板的口袋里了，那还有好处吗？再重要的功臣也得杀掉，韩信、年羹尧就是这么死的。

低调才是一个人的本心，只有看淡了繁华才会有平静的心灵，才能够冷静地思考，才知道什么是自己所要追求的，才会真正懂得和体会到什么是人生价值。

做人要简单，不沉迷于幻想，不羡慕繁华，不让心灵负重，不贪功急进，不张扬自我，不把平台当本事。成功了低调，失败了洒脱。低调做人，活出真我的风采。

37

越是懂得休息的人，越懂得如何善待自己，同时能保证有充沛的力量和健康的身体，从而更好地生活和工作。所以，人与人的差距，是从你如何休息开始的。

真正的自律，应该是既有所追求，又要懂得停下来休息，保证有充沛的力量能给你健康的身体，然后更好地生活工作。

生活中的各种压力会耗费我们巨大的精力，而休息，不是为了使我们慵懒，而恰恰使我们自律，从而更好地谋划好生活。

懂得休息，是在合适的时机给自己充电，能够让疲劳暂时得到休整，同时让自己保持大脑敏捷的思考和身体的灵活，这样才能走得更远。

真正的休息，是用有益的方式调整自己的身体状态，学会为身体赋能，为自我蓄力，才是我们应该追求的一种自律的生活方式。

38

什么样的人生，才是所谓的成功？一千个人就有一千种答案。但总有一种答案是人们都能够接受的，那就是明天要比昨天更好。

让自己养成随时随地幸福与快乐的习惯；让自己养成别人爱与我相处的愉快性格；让自己具备赚足够花的财富的本领，然后，开始向周围散发自己的光与热，做个平凡的人。

生活原本平平淡淡，让大家觉得有了自己会显得多姿多彩；与我有关的一切都显得生机勃勃；让自己的妻子和孩子因为我而骄傲、幸福；让自己周围的亲戚、朋友因为我的支持而变得富裕且和谐；让一个与自己不经意间接触的陌生人，也从我身上带走一丝快乐和振奋。这应该算是成功的人生。

39

人世的幸福，就在于你能够在根本上说服自己的心，让自己在任何时候都会释怀。那就要学会放下，学会接受，才会安心。

在繁华的生活中，我们会活得很累。可是如果你心无旁骛，看淡人生，不刻意地掩饰自己，不势力地逢迎他人，人心就能坦荡，生活也就平静了。

生活因为聚散而痛苦，因为得失而烦恼，你越纠结，你失去的就越多。当我们一切都顺其自然的时候，反而希望的都来了。

人的一生，无论顺境逆境，都是你必须要经历的。在自己努力以后，如果改变不了，不如欣然接受，学会释然。人活一辈子，真正的幸福是“想开”。想不开时，烦恼如天上的星星一般繁多。想得开时，幸福感会如期而至。生活不易，且行且珍惜。

美好与挫败只是一瞬间的想法，想开一点，把每一天都当作世界末日一般去过，我认为每一分每一秒都是幸福感爆棚。

40

人生在世不容易，别拿生气气自己。

生气，就是拿别人的错误来惩罚自己。所以，原谅别人，就是放过自己。总是拿别人的错来惩罚自己，令自己不开心，食无味，寝难安，伤了自己的身体，不值得。不轻易生气的人，阳光大度，从容豁达。不生气情绪就好，情绪好就会微笑，常微笑生活就明媚。

人要学会放过自己，不要自己折腾自己，自己折磨自己。要学会宽容，不要事事斤斤计较，打开胸怀去接纳生活中的小事，微笑地面对生活。

往后余生，做一个心宽的人，即便世界偶有薄凉，也要内心繁花似锦，心向阳光。深深地懂得，淡淡地释怀，浅浅地喜，静静地爱，只言温暖，不语悲伤，微笑前行，努力向上。

真正有智慧的人，从不会生气。努力地去做一个心宽之人吧，减少烦恼，生活舒心。

41

谁都有心情不好的时候，只不过有些人善于开解自己，有些人却任情绪掌控自己的内心。想过得好一些并没有那么难，重要的是在于你要学着说服自己。

伤心的时候，不妨大哭，别总担心有人会嘲笑你的软弱。要知道，世上的每一个人都和你一样，是平凡的，都有自己的小情绪。

有时候，我们差的就是一个坚持。你以为已走到了绝境，但其实，人生往往会柳暗花明又一村。

不要生活在抱怨中，试着去忘记那些让自己不开心的事，换一种想法来看待事情，将昨天的遗憾和不甘留在过去，用新的心情去笑面未来。

不要生活在抱怨中，不要只是羡慕别人的衣着光鲜。每个人都有自己的宿命，或早或晚，该是你的，终究会来到你的面前。

42

好心情，不是人的全部，但是能左右人的全部。人生在世求名利难，求一份好心情难，随遇而安更难。无论做什么事，都不要过分追求名利而破坏了那份的好心情。

一个好心情的人，常常会在微笑时散发出一种独特的好气体。遇到一位好心情的人，正如遇到了一个好天气，会让人不自觉地喜欢上这种天气。

43

真正的健康应该这样理解："适合的就是最好的。"

如果为了刻意追求长寿、健康，就去各种养生、食补，比如你非常不喜欢吃枸杞，偏偏要泡枸杞茶，这已经是违背了你生命的本质，身体又怎么可能健康呢？

话再说回来，即使这样使你长命百岁了，但也是违心而苟活，你的生命又有什么意义？

人生路上，我们遇到的最大敌人，不是能力，不是条件，而是情绪。情绪像水，稳定的情绪是涓涓细流，滋养万物；不稳的情绪则是咆哮波涛。

一个情绪稳定的人，一般活得简单。他们没有那么多的欲望，所以没有那么多杂念，能真正去投入自己的生命，感受当下的状态。

珍惜生命更好的方式不是养生，而是管理情绪。情绪稳定，就是一个人最好的养生。人生在世，一切顺其自然。

44

有段时间，心情特别低落。有位前辈告诉我：心情低落是能量低。想要提升能量的最有效办法，是多跟正能量的人在一起。

不仅情绪如此，成长、赚钱的底层逻辑也是如此。一句通俗的话：一定要学会抱大腿。

抱大腿，不是要你跪舔，而是提供交换价值，跟厉害的人建立联系，俗话说，物以类聚，人以群分。

你靠近什么样的人，就有可能会成为什么样的人。智者会教你如何思考，蠢人会教你如何犯错；勇者会教你勇往直前，胆小的人会带你逃避。

选择跟什么样的人在一起很重要，你身边人的样子，也许就是你要成为的样子。

45

一个人可以有脾气，但不可以乱发脾气，逞一时之气的酣畅淋漓，必会造成意想不到的后果。

越是面对生活的琐碎，就越要时刻提醒自己冷静面对。不被脾气所控制的人，生活也终将会报之以赞歌。

每个人都有脾气，发脾气是一种本能，克制脾气是一种本事。

人与人的差距就在于，是被脾气控制，还是自己控制脾气。没有收拾残局的能力，就别放纵爆发的脾气。

人品好的人，能克制住脾气；人品差的人，会轻易发脾气。能控制住脾气的人，大多理智成熟稳重，不会拿别人的错误惩罚自己，不会为不值得的事较真生气。

46

常常听闻有人叹息：时光匆匆，岁月如梭。在不知不觉的感叹悲欢中，有的人及时定下了目标，调整了步履，开始了新的规划；而有的人却仍然在日复一日的悲叹中，每一天重复着昨日的故事，在日复一日的周而复始中，开启着一种拖延型循环……

拖延，是懒惰者不自知的一种行为，也许最初很多人没有意识到这是一个致命的短板。

但是它却渐渐地磨尽了人的锐气，磨光了人的斗志，让人一再退却，失去了与人竞争的勇气，失去了积极向上的动力。

所以，从此刻起，放弃拖延，行动起来吧。

47

人生在世，只要与人接触，难免都会出现一些磕磕碰碰。

当遇到这些事情的时候，我们是无处宣泄地怨天尤人，还是常思己过反躬自省呢？

真正优秀的人，都懂得遇事不责备于人。遇事不抱怨，先从自己身上找原因，是一个人最高级的修养。

生活不易，偶尔发发牢骚，适当倾诉也是人之常情。但若是陷入无休止的抱怨，满腹牢骚不能冷静，这不仅是一种悲哀，更是一种愚蠢。

越是抱怨，身边的负能量气场就越多。不好的气场越多，就更容易抱怨。如此循环往复，会让人无法自拔。

遇到不顺的事情时，懂得反躬自省，从自身出发找问题，往往都能取得不错的效果。

48

看清他人容易，唯独认清自我太难。有多少人在生活中，静坐不思己过，闲谈常论他人，却从来不去反省自身。

其实一个人要想坚定信念，在激烈的竞争中脱颖而出，必须要学会给自己看病。

善于发现自己身上的“病”，才能站得更稳，走得更远。

做人，常常自省是一种修行，自善其身是一种能力。承认不足，改正缺点，才能得到更好的提升。

减少对钱财物质的欲望，减少与他人之间的比较，不纠结，不比较，不执迷，用一份好心态面对所有。心态好，一切都好。

49

人啊，遇事要冷静，不要动不动就生气，一念天堂，一念地狱。

也许一开始想不通的事，等自己情绪平静了，慢慢的就会想通。千万不要因为有火气，就让自己生出坏情绪，影响自己正常的判断，做出错误的决定，后悔不已，后患无穷。

脾气发出来是本能，脾气收回去才是本事。遇事懂得克制自己，把心胸放宽，把心态放平。这样，我们在面对事情的时候，才能把自己调整到最佳状态，坦然去面对，沉稳去处理，将损失降到最低，让心态越来越好。

不管你在职场，还是在其他地方，都要时刻提醒自己冷静。哪怕是别人故意激怒你，你都要冷静。只有冷静了，你才能看清问题的实质，你才能更强大，别人才不至于牵着你的鼻子走。

养一颗冷静的心，去减少失误；养一颗理智的心，来免于冲动。

50

很喜欢这句话："既然没办法改变别人的想法，那就努力做好自己吧：你要悄悄拔尖，然后惊艳所有人。"

悄悄拔尖，是一种心智的成熟，低调行事，默默努力，头顶天，脚踏地，一步一脚印，步步坚实，步步为营，稳扎稳打，这样才能将自己屹立在风雨之中不倒。

别人在休息时，你依旧孜孜不倦地工作着；用别人喝咖啡的时间，你去充盈自己；以书为装饰自己的利器，从中汲取力量，一步步走好人生之路，到时候你会发现，你离成功会越来越近了。

51

在生活当中，很多人都缺乏一种能力，缺乏认错、认怂的能力。

我们总是想着把自己最好的一面表现给别人看，所以在面对问题时，也不会轻易承认自己的错误，不会承认自己不行。

有时候，适当地承认自己不行，适当地认个怂，不是一件坏事。

特别是当自己刚步入一个新领域的时候，不要害怕告诉别人“我不会”。

你可以告诉对方：“我目前还不会，但我可以学，也愿意多去尝试。”

认怂，并不是要去推卸责任，也不是在给自己的不足找托词。

认怂，是一种能力。当你能够有理有据地告诉别人，自己优势在哪里，劣势在哪里。承认自己哪里不够厉害，但又能让别人知道，自己擅长的是什么。

52

生活永远没有绝对的答案。

既然选择了，走过了，小小的坎坷在所难免，必须知道人生无常，多是不尽如人意。否则，怎么选择都是不满意，患得患失，那只会自己给自己加上无形的枷锁。

一个敏感的人，总是比一般人要承受更多的烦恼，如果再加上自己的善良，肯定比别人承担更多的负累。

敏感多情，总想追求圆满，别人的一个举动、一句话，都会联想，想求得答案。

其实，有些事情想不明白就不要强迫想明白了，放一放，让自己有时间思考，再去寻求答案是岂不是更好。

幸福的秘诀就是停止胡思乱想。

53

人生路上，我们遇到的最大敌人，就是失控的情绪。不要小看情绪对我们生活的影响，很多人常常陷入一种情绪内耗之中而不自知。

情绪像水，稳定的情绪是涓涓细流，滋养万物；不稳的情绪则是咆哮的波涛。

当自己常说“气死我了”“压力好大”“心有不甘”时，一定要重视起来，想办法去排解，别让自己的情绪生病。

努力地去回忆那些开心的瞬间，存储积极的情绪，提升内在的力量，来抵挡消极心态的袭击。

努力地寻找积极的情绪，把自己带入一种美好的情景之中。

摒弃杂念，清理掉心里的垃圾，让快乐常驻心间。

54

常言道：“人生，有欲者累，寡欲者安，无欲者强。”一个人对物质的欲望越少，才会活得越自在。

很多时候，我们过的不快乐，不是拥有的太少，恰恰是拥有的太多。一个人只有坦然于简单清贫的生活，才不会被物欲所困。

在这个物欲膨胀的时代，我们恰恰需要简化自己的生活。人最大的悲哀，莫过于得到了还想得到，拥有了还想拥有，永远处于不满足的状态，最后在物欲中迷失自己。

人生最大的误解就是，以为拥有的越多，越幸福，其实非也。拥有太多，反而物极必反，平白增添不必要的烦恼。

不被物欲所困，精于心，简于形，简到极致，才是大智慧。

55

停止内耗，去做真正有价值的事，你的人生就赢了一大半。

不要因为别人的一个表情，就怀疑自己说错了话，战战兢兢；也不要觉得某件事没做好，自己就不配拥有快乐。

我们置身人群中，避免不了听到别人的言语和评价，但人生是养自己心，不是养别人眼的。你可以去听别人的话，但要做自己的决定。

很喜欢一段话："人有两件事尽量少干：一是用自己的嘴干扰别人的生活，二是用别人的脑子思考自己的人生。"

人，生而不同，你尊重别人的同时，也要拥抱自己。用自己的脑子，决定自己的人生。

56

善良是一种能力，而不能去伤害自己。保护善良，就像保护眼睛一样——容得下天地万物，但容不下一粒沙。

东郭先生和狼的故事让我们意识到，善良要看对方的人品，要分清情况。本性难移的狼，我们怎么能够信任呢？

总有一些人，"敬酒不吃吃罚酒"。你不懂得"罚酒"，那么你的善良就过头了，因此，你的善良要带着锋芒。

善良的人，要像柔软的水一样，坚持往低处走，但是遇到了拦住它的堤坝，也能漫过去，遇到峡谷，也会咆哮。

真正善良的人，必须掐准尺度，把善良推向更高的层次，进一步可以成就自己，退一步可以保全自己。进退之间，彰显出为人处世的大智慧。

57

做人，要懂得克制自己，才会事事顺意。

克制自己，才会让更多的人喜欢你，愿意和你交往。唯有如此，你的世界才是正确的世界，人生也是正确的人生。

言多必失。克制自己，首先要克制自己的言语，才会给自己带来平静安稳的生活。倘若随意说话，信口开河，就会生出很多事端。

其次是要克制自己的心理，才会少生遗憾。人总是要对自己的想法负责任的，很多时候，你的决定需要你顾全大局，如果你冲动，只会让你身陷囹圄。

再次是要克制自己的为人，才会一生平安。人的欲望没有穷尽，满足了这个还有那个，被欲望所控制，终将沦为欲望的奴隶。

说话不随意，做事不随意，做人不随意，如此克制自己，才会让人生处处都顺意。

58

多少兄弟情都会败给钱权，古往今来这一点从来没有变过，我们又何必去挑战这一人性？我们一定不是那个例外，而只是芸芸众生中的一个而已。

承诺是件很容易的事，只要上下嘴唇轻轻一碰即可，做起来可就难了。失信是一件很可怕的事，久而久之，便会把自己丢失掉。

不要轻易许下承诺，做不到的承诺，比没许下更可恶。

承诺不是随口说说而已，承诺是一种责任。

作出承诺，其实是为自己灵魂的洗礼，选择了一盆不能有任何污染的清水；为自己优良品质远航，挑选了一条没有退路的航线。

59

亲和力在人际交往中非常重要，无论是在职场的竞争中，还是在商业的交谈中，或是在异性交往中，具有亲和力的人总是占据更大的优势。努力打造你的亲和力，可以为你带来更多的好人缘。

亲和力固然很重要，但是绝对不能太懦弱，不分青红皂白，无条件地去满足别人提出的要求。

其实，做人除了说“YES”之外，还是要经常说一下“NO”。一般说来，相当多的人就是喜欢欺软怕硬，当你学会拒绝别人，学会据理力争，学会以牙还牙，他们反而会尊重你，甚至敬畏你。

人生要活出自己的主见，活出自己的个性，活出自己的精彩。

60

没有人心灵不受伤，没有人身心不疲惫，面对心伤，还需心药医，只是可悲的是，心药难求。

每个人，总在隐秘的角落里，藏着不为人知的伤悲，总在坚硬的盔甲下，隐藏着自己的伤口。想要剥开伤口，被人检视总是很残忍，所以，自己的痛自己知道，自己的心伤还需自己来治愈，才最为安全，最为快捷。

所谓自愈，其实就是自己和自己调节，去妥协。发生的任何事情都是有原因的，我们找到根源所在，生活、情感、自身，这些都只有自己最清楚。

当你自愈之后，你会发现自己仿佛劫后余生一般开心。自愈能力越强，才能越接近幸福。

愿我们在平凡的生活中，练就一颗强大的自愈心，自在徜徉，一路有光。

61

耐心，是一切聪明才智的基础。这一句话值得好好思考。

耐心，一定源于发自内心的喜爱，并且持续不断地去做一件事，并且乐意把它越做越好。如果对一件事只是浅尝辄止，三分钟热度，自然算不上有耐心。

耐心不是忍耐，不需要忍。耐心是信心，对自己有信心，对自己的未来充满信心。耐心，是不急躁、不厌烦、不逾矩、不强求。默默耕耘，踽踽独行，虽有风雨，却满怀希望静候佳音。

这个世界上，从来不缺少聪明人，缺少的都是肯花笨功夫的耐心人。走捷径，只能爽一时，等同于撞大运。只有靠耐心慢慢来，才会比较快，更会比较稳。

真正厉害的人，往往拥有耐心，他们不会为短期利益所心动，而是懂得利用自己的耐心将价值最大化，这是一个人最有智慧的地方，更是他们能够跑赢大局的关键。

62

愤怒也许是最容易发泄情绪的方式，但绝对不是最理智的行为。愤怒往往会令我们更加愚蠢，做出更加愚蠢的行为。

愤怒是一种廉价的、无能的表现。当生活没有按照你预设的剧本走，你便开始了破口大骂，心中便燃起了愤怒的火花。

而这所有的愤怒，绝大多数是因为你对这个世界的“无知”。没有关系，时间带来的见识，会平复你愤怒的情绪。

所以说，如果我们了解了生活的本质，我相信我们看待事情的态度就会淡然很多，愤怒随之少了很多。

世界上有个叫作“成功俱乐部”的地方，里面的人都不愤怒。因为成功之前没有资格愤怒，成功之后没有理由愤怒。

63

我们习惯了对他人的生活指指点点，却忘了一个人最重要的是叫醒自己。

新兴媒体让相当一部分的人习惯了旁观者的身份，不时指手画脚、七嘴八舌，甚至养成了站在道德制高点的恶习。

叫醒自己，你才有资格叫醒别人。叫醒自己，不要再以高高在上的眼神睥睨众生，放低姿态，做生活的行走者。

叫醒自己，始终保持一颗澄澈的心、一颗淡泊的心。努力记住，祸兮福之所依，福兮祸之所伏；始终记住，成功没有捷径，脚踏实地才是王道；永远记住，接受自己的平凡，羡慕嫉妒恨对自己没有好处。

雨果曾说这么一句话：被别人撕下面具是一种失败，自己揭下面具却是一种成功。

在忙着叫醒别人却被别人叫醒前，我们要先叫醒自己。

64

很喜欢弗兰西斯·培根（英国著名哲学家）的一句话：“习惯真是一种顽强而巨大的力量，它可以主宰人生。因此，人自幼就应该通过完美的教育，去建立一种良好的习惯。”

养成一些看似微不足道的习惯，将让自己的生活受益颇多。比如拒绝无效社交，让我们有更多自己独处的时间思考人生；比如每天坚持看几页书，让自己有输入，才有文章的输出；比如定期断舍离，让自己没有负担，没有负重前行，每天平静自如。

这些能够轻松培养的好习惯，都会让你在迷茫、想偷懒、遇到困难时，得到指引和动力，让自己获得破茧式的蜕变。

好的习惯会铸造一个好生活、好自律、好自由的人。

65

俯瞰当今5G时代，所有人的生活节奏似乎都被强制按下了快进键。不论读书、考试，抑或是工作、赚钱，人们都想踏上一条通往速成的捷径，因而衍生出许多没有什么用处却能令人获得心理安慰的新手速成课。

可惜故事就是故事，人终归要脚踏实地：想要有所成就，必须保持耐心，延迟满足。

不知道你有没有想过，才华和涵养这些东西是怎么形成的呢？松不老认为，不是靠一时的聪明才智，更不是靠无与伦比的基因、天赋，靠的是因耐心形成的积淀。

耐心，是一切聪明才智的基础，耐心是能顺应自然规律去做最有效率的努力的一种良好素质，耐心更是一种悟性。凡事欲速而不达，只有拥有了耐心，才能以最好的心态去创造生活的奇迹。

66

“狗狂挨砖头，人狂没好事。”做人有本事、有能力、有成绩是好事，但不可因此变得狂妄自大，否则，就容易得罪人，就容易引起别人的反感，就容易给自己树敌，招致别人嫉恨甚至是陷害。

所以，无论何时，都要注意夹住自己的尾巴，保护好自己，切莫太狂。

你我皆凡人，一个人，不管多么的有钱有地位，都是身外之物，早晚都会失去；不管有多么的风光，也都是一时的，归根结底，都是普通人而已。

所以，做人还是低调一点好，要能保持一颗平常心。无论是与谁相处，都别太自以为是，要谦逊一些，充分尊重别人。这是低调做人的“心计”，也是为人处世最基本的人情世故。

低调做人的一个目的是为了成功，那成功之后是不是就不用低调了呢？当然不是，低调是贯穿始终的做人心计。

Chapter 04

为人处世

益者三友，损者三友。友直，友谅，友多闻，益矣。友便辟，友善柔，友便佞，损矣。

——《论语·季氏篇》

1

扪心自问，我们生活中接触到的朋友，几乎都是“可用之人”，彼此视为可以利用的“工具”，能在困境中帮助自己，能在得意时记得自己，而一旦没有可以利用的价值，朋友这种关系往往也就烟消云散了。

那么，这种所谓的“朋友”，是真正值得交的朋友吗？是真正的朋友吗？

朋友的真谛，从来都不是因为朋友“有用”才去交。决不是为了在逆境中，能让对方伸出双手搭救；决不是在伤心绝望时候，去把对方拉过来歇斯底里地发泄一番，凡是索取皆是“用”。

真正的朋友是不计回报的，是急于奉献的，是没有“利用之心”的，付出比收获往往更令人愉悦，精神上得到的温暖和满足远远不是索取能够相比的。

所以，君子之交淡如水；所以，你能够细水长流。

2

大多数的人都喜欢广交好友，经常在外面聚会，和朋友们一起玩耍，一起开心。但是有的人很内向，他们不善于表达，不愿意出头，而且能躲就躲。面对这种情况，一定要说服自己，让自己努力地去和大家交流，只有从心理上克服了，才能够更多地和别人接触，交到更多的朋友。

交朋友，一定要真诚。当然，你可以选择保持沉默，千万别为了应付朋友而去撒谎，哪怕是一个善良的谎言。

交朋友，要学会站在朋友的角度上考虑问题，想想自己做的事会不会对朋友造成不必要的麻烦，或者考虑到自己的行为对朋友的生活是否造成不良的影响。

交朋友，要学会拒绝他人的请求，比如一些超过自己原则底线的事，不要害怕所谓的“得罪朋友”，如果他（她）真的把你当作朋友，那你在一般情况下是会被理解的。

祝愿我朋友圈的所有人都可以找到人生中最真挚的朋友。

3

不知道大家身边有没有这样的人，他们往往其貌不扬，但却待人友善；有着良好的社交能力，却更愿意一个人独处。他们不会将自己经历的惨事到处哭诉，他们懂得低调，他们懂得谦让，他们懂得收敛自己，他们懂得善待他人。他们就是生命里的强者，不动声色却又深藏不露。

强者从不逃避现实，无论现实有多么残酷，哪怕是陷入绝境，也会是如此。因为他们知道，上帝在关上一道门的同时，会打开一扇窗。只要勇敢面对，就没有什么是不能战胜的。

为了需要去担当的责任，我们努力去跨越；为了不变的顽强与收获，我们准备经历不断的跌倒；为了不断的历练与懂得，我们随时去经历不变的风雨。做生命的强者，且行且珍惜。

4

生活中有很多无奈之处，遇到能躲开的小人，也算是幸运。可是，一旦我们遇到的是躲不开、惹不起，还经常挑衅自己的小人时，怎样做才能让自己全身而退呢？

面对我们得罪不起的小人，运用“此心不动，随机而动”这 8 个字，可以充分发挥我们的智慧。了解他们的心思，预见他们可能的行动，也就是说，对他们的招数心知肚明，所以不管他们使出怎样的招数，都能从容应对，见招拆招。

“此心不动”，就是说在面对对方的威逼利诱时，能坚定初心，知道自己能做什么和不能做什么，坚定自己的目的。

“随机而动”，则要求我们要能根据实际情况，灵活运用各种方法和心理战，在做好准备之后，等对方出手，然后一击即中。

5

社会是复杂的，人性是难测的，在日常的人际交往中，有的人会对你报以善意，有的人会出于各种目的，对你怀有恶意，并对你进行恶意的言语攻击，比如嘲笑、讽刺、挖苦，甚至是谩骂。

对于一个不会恃宠而骄、性格温和的孩子，在群体当中的善良一定要带点锋芒。一直在教他们礼貌、修养、自我要求、自我驱动的同时，也必须告诉他们面对恶意要学会反击。

在面对他人恶意的言语攻击时，可以仿拟对方的话语，用一种新的说法，将对方置于一种无可辩驳的境地，让其落入“聪明反被聪明误”的自设陷阱中。

在面对他人恶意的言语攻击时，只要你敢大胆超越自己的胆小懦弱，斗智斗勇斗力，他们就再也不会看不起你。所谓柿子专拣软的捏，如果你是个软柿子熊包，就不要怪别人欺负你，你只有自己强大起来，才会打败轻视你的人。

6

我们这一生会遇到很多人，而你跟什么样的人在一起就会成为什么样的人。身边的人，对一个人的影响真的太大了，你和什么样的人在一起，就会有什么样的人生。任何时候，都要学会去看清自己身边的人。

和勤奋的人在一起，你不会懒惰；和积极的人在一起，你不会消沉。与智者同行，你会不同凡响；与高人为伍，你能登上巅峰。

有句话说得好，你是谁并不重要，重要的是和谁在一起。如果你想像雄鹰一样翱翔天空，那你就要和群鹰一起飞翔，而不要与燕雀为伍；如果你想像野狼一样驰骋大地，那你就要和狼群一起奔跑，而不能与鹿羊同行。

与人相处，最重要的是人品、正能量和相处自在，而不是虚伪的社交和不合群的圈子。

7

现实生活中，从不缺欺软怕硬、得寸进尺的人，也不缺没有自知之明、一味地喜欢不方便别人的人。

这两类人总是会对你提出不合理的要求，假如你热情地答应，不一定能让这些人领你的情，但一定会让这些人觉得你好说话，一而再，再而三，给你带来许多不必要的不便，极大地影响你的工作和生活。

遇到这两类人必须引起我们的反思，付出善良的同时要带着警惕，千万别让对方借你心软，吃了你的红利，还要拿刀子捅你。

所以，对这两类人的不合理要求，一定要拒绝，在拒绝的时候还要冷漠一些，让这些人意识到自己并不是任他们拿捏的，他们也会知难而退。

8

生活中总有一群人，知道别人的缺陷就恨不得满世界嚷嚷，将自己的快乐凌驾于别人的痛苦之上。

这样的人说白了，就是心里只有自己没有别人，久而久之就只能孤身一人，接受周围人嫌弃的目光和愤恨的神情。

生活不是打擂台，并不需要争个高低，当我们彼此多一分在意，多一分关心，反而能从淡漠的人群中找寻出彼此嘘寒问暖的真情。

这世上的每个人都值得被温柔以待，让人舒服是一个人了不起的能力，更是一个人的顶级修养。愿我们所有人在善待他人的同时，也会收获更多的温暖与爱意。

9

保留他人的面子，这是一个何等关键的问题，但我们却极少会充分考虑这个问题。纵然别人犯错误，而我们是对的，要是没有为别人保留面子，便会毁了一个人。

我们常喜欢摆架子、我行我素、挑剔、恫吓，在众人面前指责他人，而没有考虑到是否伤了别人的自尊心。其实，只要多考虑几分钟，讲几句关心的话，为他人设身处地想一下，就可以缓和许多不愉快的场面。

世界上任何一位真正胸怀宽广的人，都善于保住失败者的面子，而不会得意忘形地去陶醉于个人的胜利。

“打人不打脸，说人不说短”，如果我们能记着给人留面子，那自己脚下的路一定会更好走，自己的人缘也会越来越好。

10

朋友易交，人心难守。人与人之间，最怕的就是你抛出了所有的真心，换来的却是一场彻骨的伤心。

浇花浇根，交人交心，如果没有真心作为媒介，不如不交。

年轻的时候，喜欢呼朋引伴，朋友的数量越多，越觉得自己了不起。

年纪越长，越觉得太过热闹的关系，未必都带着很多诚意，也许同样是因为享受虚无缥缈的热闹，才聚在一起。

人与人之间最好的状态是，“因为遇见你，我的喜悦和难过，都有了归处”。最长久的关系便是如此，以一颗真心换另一颗真心。

11

山外有山，人外有人，永远不要轻易低估任何一个人。

我见过满身刺青的大汉在公交车上让座，我也见过穿西服打领带的所谓精英拿着公款大吃大喝，这个时代穿着靓丽帅气的不一定就是绅士，打扮得非常怪异的不一定就是坏人，永远不要轻易低估任何一个人。

永远不要低估任何一个人，每个人都有自己的价值，没有身处别人的位置，就永远没有资格去评判他们是高是低、是好是坏。

一个真正成熟的人，永远不会以自己的三观，去衡量别人的层次高低、爱好优劣。相反，他们在坚定自己立场的同时，更能够尊重他人。

12

当你在低谷的时候，你就可以看清所有的人情冷暖，你就能知道谁是真的爱你、谁是假装爱你，你就能够知道未来你可以和谁交往。

因为在低谷的时候，一般都是我们最不幸的时候，也是我们最难的时候，那些真正把我们当朋友的人，必然会对我们不离不弃，那些真的对我们好的人，必然是愿意拉我们一把的。但是那些假装对我们好的人，此时就会露出真正的面目。

你要永远明白，你现在以为的关系好，不一定是真的关系好。而真正的关系好，是在你需要的时候，愿意伸出援手的人，这样的人才值得你去珍惜，才值得你去用一生去交往，也值得你用一生去在乎和关心。

13

人情世故间有一种最高级的情商，叫“给人台阶下”。人情似水分高下，世事如云任卷舒。做人处世，懂得适当给人留个台阶下，既是过人的情商，也是顶级的处世智慧。

有位朋友说得好："当别人遇到尴尬时，请给个台阶下，既帮别人解了围，又体现了自己的修养。"

身处纷争之中，无法力挽狂澜时，主动给别人个台阶下，就可以破局。顺着台阶下的一方，必然会觉得理亏，势头自会降了下来。同时留个台阶，下还是不下都是对方的选择，而自己则会赢得尊重。

给别人的脚下垫一级台阶，你会看到世界对你双倍的赞赏。

14

人与人之间关系的裂痕，相处时的疲惫，很多时候都是不好好说话造成的，无论是爱情里、友情里还是亲情里，都是如此。

不经思考的倾诉，一时冲动的诋毁，浇灭热情的冷言冷语，看似不过一句话而已，实则是看不见伤口的伤害。

好好说话，是把自己的意思清楚表示，更是懂得控制自己的脾气，尊重他人的感受。只有如此，才不至于因为没能好好说话，给自己留下太多遗憾。

一个懂道理的人，能明白与人来往该如何交流，如何沟通，如何保全自己的时候也保全他人。到了最后很容易发现，好好说话的人，才是最为值得深交的人。

15

不要瞧不起任何人，因为谁也不是怯弱到连自己受了侮辱也不能报复。

人不可貌相，海水不可斗量。三十年河东，三十年河西，这已是远话。如今世界，已然三年河东，三年河西。

自己三年前一时轻视的人，三年后的今天，就可能是你打脸的时候，转眼间，对方已经让你高不可攀。

梅须逊雪三分白，雪却输梅一段香。你擅长的，可能正是别人欠缺的，但别人擅长的，也可能是你望尘莫及的。

人最大的愚蠢，就是瞧不起任何人，甚至比自己能力强的人，也会愚昧地看不起。

真正的智者，走到哪里都懂得尊重人，懂礼貌，因为他们知道：人最大的愚蠢，就是瞧不起任何人。

16

永远不要去责怪在你生命中出现的任何一个人。好的人给了你快乐，坏的人给了你磨历，最差的人给了你教训。每一个人的出现都有原因，每一段经历都值得被感激。

人生是要学会放下，但放下应该是一个人主动选择的和解，而不是被迫做出的妥协。

但是，不是所有的人和事都值得被原谅；不是所有的对不起，都能换来没关系；如果放不下，不原谅也没关系。

请我们所有人都树立这样的思想，那就是：原谅不是义务。并不是所有道歉都值得原谅，也不是所有错误都应该被原谅。

但愿我们都活得随心，哪怕有人不值得，但世间美好值得。

17

人们总是经历过风雨之后，才能够真正地走向成熟。我们还必须要慢慢在生活中，学会不动声色，学会在保持真心的情况下，不动声响地保护自己，体谅他人。

身边的人，无论是谁，都或多或少有面对尴尬的时候，此时尽量不着痕迹地还回去，让彼此都感到舒心。

很多时候，身边的朋友遇到烦心事，与好友分享的时候，并不是想听什么道理，只需要一双温暖的手。在“不动声色”之间，展示出了自己的态度，传达出了自己贴心的温柔。

无论如何，从现在开始，学着不动声色吧。慢慢你就会发现，自己也变快乐了许多。这，便是高情商的真正表象。

18

人与人交往，亲密也要有间。把握好尺度，不越界，才是相处最舒服的状态。就像树与树之间，必须要保持一定的距离才能健康生长一样。

有句话说得好："再好的感情，也会死于理所当然。"人与人之间的交往，最忌讳不知所止。花枯萎了还有重开之日，感情透支了就很难再挽回。

有时，你的心直口快可能让人左右为难。有时，你的口无遮拦就会让人有苦难言。语言虽然无形，但可以像春风般舒服，也可以化作利刃直穿人心。

生活中，管好自己的嘴，守住自己的心，留好自己的分寸，是对他人最基本的尊重。

19

小人是什么人？你和他争，他锱铢必较，因为一点鸡毛蒜皮就把你记恨。

得罪小人，平白无故给自己树敌，在生活里一点小事就没完没了，麻烦不断。彼此保持距离，各自为安。

小人无底线，你又何必纠缠？让小人，不是你怕了，而是你累了。

让小人，不是懦弱，是一种智慧。已然知道对方是小人，再与之争长短，无非是浪费自己的时间。

君子坦荡荡，小人长戚戚。不必与其纠缠，不屑与之为伍。大树从不跟杂草争高低，君子也不会跟小人论是非。遇到小人，你且远他、避他、让他，何必跟一个跳梁小丑一般见识。

遇到小人让一让，也是一种人生智慧。如果还没有十足把握，就不要轻易动手，以免打草惊蛇。长期的“放任”，会让小人放松警惕，当他们的罪行已经引起众怒时，这就是除掉小人的最佳时机。

20

在优秀的人看来，朋友圈是一个展示自己的关键性窗口。只有不断输出有价值的东西，才能保持长久的吸引；只有不刷屏，才能不被人反感。

朋友圈要保持互动性。没有好的互动就没有真实的感情，经常保持活跃，和你的潜在客户多保持沟通，简单合理的评论说说和点赞，都会让他对你另眼相看。

观察身边人，发现一个现象，那些强大的人，从来都不随意将自己的负能量发泄在朋友圈。他们总是展示自己温柔的包容，广博的智识，强大的抗挫力。

朋友圈的底层逻辑：展示自我，分享美好；人际圈的底层逻辑：趋利避害，近正远负。两者结合起来，怎么有效地分享朋友圈，答案已经很明显：展示高价值，展示正能量。

优质的朋友圈永远是，你的分享是有价值的。

21

经常有人抱怨说，为什么我遇不到好人和好的环境，其实，抱怨的同时应该思考一下，是不是因为自己做得不够好？

一个人的涵养来自大度，来自宽容；一个人的修为是懂得包容，懂得尊重。

目中有人，才会有路可走；心中有爱，方能有所作为。

我们一点一滴积累的德行，终有一天会全部回报给我们，只是时间早晚的问题。

当我们拿花送给别人的时候，首先闻到花香的是自己；当我们抓起泥巴抛向别人的时候，首先弄脏的是自己的手。

希望别人怎样对待自己，就要怎样对待别人。做最好的自己，才能碰见最好的别人。

22

信息时代，大家隔着屏幕互相交流，你永远不知道手机的另一端，那个人等待得多么焦急。“收到”两个字虽简单，却暴露出一个人是否会有更长远的发展。

也许有人会觉得，回复消息这件事有些小题大做。可要想看清一个人的本性，恰恰要从这样的细节入手。

毕竟我们的生活充满着琐碎的日常，友情也好，爱情也罢，能把握住细节的人才能掌控住人生。

世上最远的距离，都可以被微信拉得很近。但两个人再近的关系，也会在聊天的推拉中渐渐疏离。

一个收到信息后及时回复的人，做事情有责任感，对待人有包容心，值得深交。

23

有一种“好人”，比坏人更坏，遇到了趁早远离。

人前对你热情如花，人后处处给你使坏，与这样的人相处，是防不胜防。你把他当朋友，他把你当敌人，与其让自己不知道什么时候受伤，不如远离这样的人。

他明知事情的真相，却总是做出一副精通世事的样子。当你受了委屈，他会跑来用一些冠冕堂皇的话劝你，从他嘴里说出的所谓的大道理、劝慰你的话，根本没有什么好意。

害人之心不可有，防人之心不可无。看人不能只看表面，更要学着分辨人心。

伪善的人，假意的人，这辈子若是遇见，该远离就远离，别太心软，别给他可乘之机。

24

我们有着不同的圈子、不同的层次，别把那些小人放在心里，看似是放过了别人，其实是好过了自己。

生活中，我们常会遇到形形色色的小人，他们从不讲理，还要百般计较。对于这些人，不往心里放，才是最好的回击，才是最大的蔑视。对于这些人，我们不跟他们争辩，不代表我们懦弱，是不想影响情绪；我们不跟他们纠缠，不代表我们认输，是不想徒增烦恼；我们不跟他们计较，不代表我们没脾气，是不想为此伤神。

与其跟小人争，不如置之不理。和他们计较，只会拉低你的层次；和他们相处，只会刷新你的下限。

生命最大的意义，不是你能看清多少事，而是能够看轻多少事。

往后余生，任何恩怨纠缠，是非得失，能看轻的全看轻，能释然的全释然，认认真真活出自己，才不辜负这难得的一生。

25

现实生活中，最令人啼笑皆非的状况是：不扫自己门前雪，爱管他人瓦上霜。

多少人，放着自己千疮百孔的生活不管，却孜孜不倦于关心别人的生活，以为自己给人帮了大忙，其实很可能是在帮倒忙。

对于别人的事，进行道德说教，更是大可不必。道德用来约束自己，是高尚；用来约束他人，叫伪善。

对于别人，请始终保持一分距离和关注，不必过分打扰。哪怕是助人为乐，也要学会审慎思量，不能鲁莽行事，不越界，不逾矩。

有理性、有原则的帮助，不仅是对自我的一种保护，更是对他人应有的尊重。

所以，不如把管闲事的时间用来充实自己，专注走好眼前的路，活出自我的精彩。

26

人与人之间交往，请理智对待他人的评价。好与坏，并不是一面之词；是与非，并不是说啥是啥。

不要被他人的嘴，轻易左右自己的行为，否则会麻烦缠身，是非不断。

别人的嘴说了啥，千万不要轻信他。有些褒奖，是因为有利可图；有些议论，是因为眼红妒忌。

不同的人，对你的看法不同。不要因为他人的夸奖，就盲目附和；不要因为他人的贬低，就一蹶不振。

人这一生，最厉害莫过于，看清他人，明白自己，不要因为他人笑你愚笨，就丢掉内心的坚持。知道自己何去何从，坦荡做人，问心无愧。

27

在任何时候都要记住，不要坑朋友，即便是穷的时候，也不要去坑朋友。

你若是坑了朋友，只会让他嫌弃，只会让他不喜欢。重要的是，你若是坑了朋友，他就会远离你，对他来说，不过是失去了一个没有底线的朋友，而对你来说，却是失去了一个真正对你好的朋友。

所以，不管是什么时候，一定不要去坑朋友，特别是朋友真心对你的时候。

朋友是对你最没有防备的人，因为信任你，愿意真心待你，把自己的“把柄”放在你手中。所以，就算处境再艰难困苦，也不能去坑害自己的朋友，这是做人的一条底线。

28

人和人，不一样，你有你的生活苦，我有我的未知难，谁也不能把谁代替，谁也不能和谁互换。你的生活，你需要自己撑着；我的风雨，我需要自己打伞。

人和人，不一样，你喜欢你的岁月静好，他喜欢他的迎难而上。有些人觉得，生活平稳一些是幸福，有些人觉得，生活不断奋斗是出路。我们过好自己的人生就好，不需要他人来认同。

人和人，不一样，有的人懂得换位，有的人自私自利。有的人将心比心，有的人只顾自己。常替别人考虑，多为他人着想，其实也是为自己积福留路。

人和人，不一样，每一个人都有每一个人的轨迹，每一步路都有每一步路的意义。

人生的车辙、方向自己把握，想要的就去争取，路过的就当风景，这一生来去匆匆，努力追求自己的生活，开开心心活着，就够了！

29

你有钱时，尊重你的人多了，你没钱时，冷落你的人多了，所以，一定要努力去赚钱。并不是我们有多么爱钱，而是钱就是你的实力，能让你赢得更多尊重。这就是人性！

你成功了，巴结你的人多了，你失败了，贬低你的人多了，所以，一定要做个成功的人。千万别让自己失败破产了，因为只有做个成功的人，才会有更多的人追捧你。这就是人性！

你穿的漂亮，别人就夸奖你，你穿得太差，别人就寒酸你，所以，一定要注重形象，毕竟谁都喜欢美好的事物，更有一颗爱美的心。这就是人性！

看懂了人性，读透了人性，才能在与人交往的过程中，找到自己正确的位置，免去许多的麻烦。

30

人与人之间的相处，需要保持一点距离感，有点神秘感的关系，才能长久下去。

就好像街道两边的行道树一样，保持适当的距离，才不会因为争夺阳光和养分而自相残杀，才能在风雨来袭时共同抵挡。

保持分寸，与人保持适当的距离不是刻意的疏远，而是在适当的范围之内，维持好彼此之间的关系。不过分地打扰到他人的生活，亦不会因为自己的言行举止而给他人造成伤害。

在合理的范围之内，互帮互助，共同前行，一同进步，在人生前行的路上，维持彼此之间的感情。

31

对每个人而言，生活中的意外和风险永远存在。

很多时候，提醒别人很容易，要做到自我提醒却很难。然而危险的发生往往就是因为疏忽大意，放松了警惕。

生活中，我们难免会和别人发生利益纠缠。想要快速处理问题，不能一味地讲道理，想办法把问题和对方的利益挂钩才是关键。毕竟，人只有在自身利益受损的时候，才会用心解决问题。

32

“及时回复”是一个很小的重要细节，却总被人忽视。

迟到的时候没有及时说明原因，朋友也许会担心你的安全；工作进度没有及时汇报，其他同事只能干等着你的消息；一句简单的“收到”“好”“平安到家”……背后可能是对别人尊重，让别人放心，更让人觉得你很靠谱。

所以，及时回复，是一种好习惯，更是一种修养。

事毕回复，说来简单，做好不易。无论是谁，除非你确有原因，都应给予回复，这是一个尊重自己和尊重别人的问题。

只有关心你的人，才在意你的回复。学会不让人担心，也是一种修养。

别冷漠了这种关心，小事不小，回复的不是一件事，而是家人对你的爱。及时，这份关爱才不会冷下来。

33

如果别人朝你扔石头，就不要扔回去了，留着做你建高楼的基石。

以德报怨是不容易做到的，它需要有一颗宽容之心。大肚能容天下难容之事，小肚鸡肠是万万不行的。

以德报怨需要具有打碎了牙往肚里咽的忍耐，还不能让人觉察到你的丝毫不满。你想的不是怎样去报复对方，而是去原谅他，然后思考如何用你的宽容、真诚感化对方，让他自省确实错了。

但是，并不是所有的人都值得宽容，对于那些借钱不还的，恩将仇报的，卖国求荣的，该曝光的曝光，该起诉的起诉，让正义既不迟到也不缺席。一定要让他们知道，“出来混，总是要还的”。

34

我非常讨厌破坏规矩的热心肠，那是因为板子不打在他们身上，他们根本不在意你是否痛。他们不断以“热心肠”的名义去破坏别人的规矩，影响别人的生活，做事往往令人生厌。

他们用所谓的“热心肠”不断越界，刺痛别人而不自知；他们自诩热心肠，却“笑里藏刀”而不自知；他们自以为是好心，却在“一团和气”中伤人于无形。

越界的好心人，或许起心动念并没有大问题，可总会在开口时侵犯他人的自主权，不断在别人的领域内表达不合时宜的观点，赤裸裸地想要裹挟他人附和你。

我始终认为，真正的“为你好”，不是越界，而是克制；不是指指点点，而是诚诚恳恳。当你以一个好心人的身份出现并说“我是为你好”时，都应该明白不越界才是操守，更是修养。

35

“无论你地位高低，永远不要做饭局中那个话最多的人。”这句话我是很认同的，但我常常做不到，常常为之后悔不已。

所以我今天写上这么一段，愿各位尽力去避免为之。

何谓话最多？就要看你话多的目的，如果是活跃气氛，抛砖引玉，真诚的分享，没有问题。如果是喧宾夺主，故弄玄虚，显摆装逼，就有些不耻了。永远记住，靠语言得到别人认同，就是自欺欺人。

如果你的地位是饭局中最高的那个人，丰富的阅历自然懂得不怒自威和沉默是金的道理，你必须明白处于高位保持缄默的重要性。

如果你是饭局中地位较低的普通陪客，就更不要做那个话最多的人，因为极容易说多错多。用心聆听和适度的活跃气氛，恰当时候喝彩一下，如此便好。

如果你去参加饭局，一定要记住，永远不要做那个说话最多的人。说话有度，是对自我的自信，也是对他人的尊重。

36

感同身受，说起来容易，但真正做到就不那么容易了，甚至有人说，这是世界上最虚伪的词汇，因为每个人所经历的喜怒哀乐，只有自己明白，其他人是无法感受的。

我也赞同这句话。确实这个世界很难做到感同身受，你永远无法准确了解和感受到对方的内心状态。

因此，我们不需要过度追求感同身受，我们只需要在大致情感上能产生共鸣，能在大情绪上产生共情就行了。

比如，高兴，忧伤，感动，我们能做到这些状态一致，尽量接近对方的情绪，这样产生共鸣，彼此的关系才会更亲密。

每个人所经历的事情，大家也许会理解，会同情，但是大多数人都是做不到感同身受的，必须要承受的伤痛也只有你自己亲自去承受，其他人只能说一句：你要加油！

加油吧，我所有的朋友！

37

我们与人交际时，要成为一个靠谱的人，不要为了一些小事斤斤计较。否则，看似当下没有损失，它们会像聚沙成塔一样，越积越多，最终将自己的信誉完全败光，成为别人眼中不可信、不可交的人。

每个人都爱和靠谱的人打交道，都会把重要的事情交给靠谱的人去完成。“靠谱，说起来简单，落实下去复杂”，世上聪明人太多，靠谱的人却很少。

林林总总，生活中太多不靠谱的人在消耗我们的时间、精力、感情……甚至打击我们对生活的信心。

判断一个人是否靠谱，关键不是看他说了什么，而是看他做事如何；看他做事是否善始善终，而不是虎头蛇尾；看他是否凡事有交代，件件有着落，事事有回应。

所谓靠谱，归根结底就是为人做事都可以让人放心，给出的承诺要去践行，答应的事要尽力去做。这样的人，人生之路会越走越宽，越走越顺畅。

38

人生道路上，往往充满了多种多样的选择，有时候一着不慎，可能就会给自己带来莫大的困扰。

一旦遇到那些不值得深交的人，就要及时远离，不要因为他们伤害自己。

远离那些表里不一的人，他们表面看上去对谁都热情如一，却总是喜欢说一些关于其他人的事情，好似“八卦”消息他都一清二楚。

远离那些带你“堕落”的人，他们不仅自己没有远大理想，甚至还试图改变其他人，你会在不经意间被他们改变，开始偏离原本的生活轨道，逐渐变得和他们别无二致。

远离那些心机重、城府深的人，他们就像是裹了一个套子，紧紧把自己包起来，每天以一副面目示人，仿佛看透人生，看淡生活，实则内敛不外露，相处几十年，都做不到掏心掏肺的一句话，只能敬而远之。

Chapter 05

日常随想

志于道，据于德，依于仁，游于艺。

——《论语·述而》

1

很想重新热爱这个世界，很想热爱自己的工作，但是不知道为什么，总觉得被禁锢在某个地方，别人进不去，自己也出不来。整个人被一种巨大的负面情绪紧紧包围着，一刹那，觉得活着没有了希望。

成年人的崩溃往往在于一瞬间，前一秒还会对生活充满期待，下一秒就会跌入低谷。

人生很难，没有谁会为你买单。即使是你的影子，也会在黑暗时离开你。这社会很现实，靠人人会跑，靠墙墙会倒。只有做自己的靠山，才不会受到背叛的滋味。世界不会在意你的自尊，人们只关心你的成就。

没人为你遮风挡雨，就只好自己披荆斩棘。不需要人扶就能站直，就是一个人行走于世间最大的底气。

2

高考是无数人人生的转折点，无数人的命运因为一次考试而发生天翻地覆的改变，一举成名是从古至今多少读书人的梦想，人人都期望可以通过一次考试来改变自己的命运。

也正因如此，高考公平、高考公正、高考公开一直是我们强调的重点。因为高考是我们、是我们的家人都有可能经历的事情，所以必须捍卫高考的正义，守住高考公平公正的底线。

不可思议的事情还是在发生——“湖北一考生拍照高考数学题上传搜题 APP”。高考是人生最重要的考试之一，违纪、作弊是高考的绝对红线。小则取消成绩，大则禁考 1 至 3 年，情节严重还追究法律责任。极个别考生一意孤行，既是对家庭的不负责，也是对自己人生的不负责，再次给全社会敲响了警钟，高考侥幸不得，投机不得！

只有对所有涉考违法违纪行为“零容忍”，绝不姑息、决不手软，才能堵上考试漏洞，切实维护高考的公平性和公信力。

3

“端午临仲夏，时清日复长。”五月初五端午节，这是一个流淌在历史的长河里充满诗意的特殊日子。

千百年来，淡淡的草木香气，传递着人世间最浓的浪漫情愫，承载了最古老的悠悠诗情。经历多少春夏秋冬，风吹雨打，端午节在许多古老节日中保留了下来。它流传的不仅仅是一个节日，更是华夏民族的一种精神。

一曲《离骚》穿越时空两千多年，把忧国忧民的强音呐喊。那大义凛然奋力一跃的壮举，为炎黄子孙树立了典范。从此，一个不屈的灵魂血染江畔，感天动地长存于博大天地间。青翠的芦叶包起一片美好的心愿，祖祖辈辈年年岁岁把先贤怀念。

祝您及家人：百邪不侵！端午安康！

4

以“吃过的盐比你吃过的饭多”来为孩子设定人生轨迹，要求孩子实现自己的期待，并动辄褒贬，这是不符合客观规律的，对家长和孩子来说都是一种沉重的负担，最终只会伤害孩子。

大多数孩子在成长的道路上都有迷茫的时候，不知道什么才是最适合自己的。做家长的可以放手，让他们去尝试，去探险，去走些弯路。就像小时候，我们学走路，磕磕碰碰，摔倒了爬起来，爬起来再摔倒。家长要做的只是在孩子跌倒后，受伤后，搀扶一下，关心一下，终于他还是自己学会了走路。

人可以迷茫混沌，但终究要找寻到自己的人生轨迹。我想每个家长都应该放手，把选择的权利交给孩子，无论怎样，我们只希望自己能做孩子的坚强后盾，而不是决定者。

5

我始终都相信一句话，命里有的终究还是会出现的，命里没有的我们也不要太过于强求出现。人们常说一个人活在世上总要有一点追求，有的人喜爱荣华富贵，有的人喜欢追求名利。金钱并不是生活的一切，它不能代表什么，它只是一个生活中的工具，可是在如今的社会，有很多人被金钱所迷惑。

我们要靠自己一双勤劳的双手，一步一步地走向富裕的道路。要靠自己勤劳的双手去改善自己的生活，同时也为国家去创造更多的价值。

6

关于借钱和还钱，说真的，是需要有一点标准和技术才行，只有把握得当，才能做到既不得罪人，又防止自身陷入被动的状态。

别人找你借钱，你急着问“借多少”，就输了。聪明的人往往这样说：“你要钱干啥？”借钱一个最重要的标准，那便是问原因。原因适合的，有多少帮多少；原因不太合适的，一分钱都不可以借。

若是借钱去投资去增值的人，一定不要借，他买房子还不是为了自身的资产升值。谁有钱不晓得去好的地段投资房产，你问问自身房子买来几套了？为什么他要借你的钱去赚钱。他赚了也不可能分你一杯羹，他赔了，那便是赔了你的钱，你的钱便要不回来了。

我们要认真对待自己不辞辛苦赚来的每一分钱，能够借的钱就借，不可以借的钱一定要守住。这是对自身的劳动成果负责，也是对自身的家人负责。

7

现今借钱越来越难，许多人哪怕平日关系密切，谈起钱来也会立刻变脸。

借钱必须有一定的讲究。俗话说得好，钱不借二：不能把钱借给穷困潦倒的人和不讲诚信的人。

救急不救穷，有突发的困难，我们可以伸出援手，尽己之力借，借了就不想他还。如果朋友是长期贫困，说明朋友的困难不是借钱可以解决的，借钱给他度日，反而让对方丧失进取心，还会让他产生依赖心理。授人以鱼不如授人以渔，激励他，勤奋努力比借钱给他更重要。

不能把钱借给不讲诚信、不守信的人，这种人一般言而无信，借钱的时候说得好听，但是借给他钱，他压根就没想过还，最后你和他要钱的时候，就知道什么叫借钱的是大爷，催钱的是孙子。

千万记住，别伤了你缺钱时帮助过你的人。

8

人最难最低谷的时光，一定是他最缺钱的时候，因为没钱的时候，会让他难上加难。

当真正没钱时，才能感受到人间的真实，才能看到许许多多你不想看到的事情。

有钱时，看到是人间温暖，处处是温情；没钱时，体会的是人间冷漠，只有世态炎凉和疏远。

有钱时，亲戚很多，不管隔了十代八代的亲戚，都像是亲兄弟一样，对你热情温暖；没钱时，哪怕再亲的亲戚，也会避之如虎，像躲瘟疫一样，远远地躲着你。

有钱时，爱情圆满；没钱时，一地鸡毛。

趁自己还行时，去努力挣钱吧。你拼命赚钱的样子也许有点狼狈，但你靠自己活得很精彩的时候，真的很酷。

9

不管你爱酒还是讨厌酒，首先应该客观地认清，酒的本身是可以增强机体的免疫抗病机能，更能直接杀死部分病毒。酒进入体内后，通过促进新陈代谢，能散寒祛湿，活血通脉，祛除疲劳，放松身心。

适度饮酒，是一种自律的表现。引领一种健康的饮酒方式，从自己开始，再感染身边的每个人。也许我只有一两的量，但这不减少我的学识、我的真诚。喝完杯里这一两，我还有一斤的人生干货愿与你分享。

在这个多元化的时代，自我、个性的表现不是随波逐流，而是坚持自我。如果酒是一味药，让我们一起慢慢品，一起慢慢聊，让我们共同变得更豁达。

（声明：我不劝任何人喝酒，只谈我个人看法。）

10

真正的幸福，不是勇敢倔强，而是拥有欣赏一场日落、一朵浮云的能力与心境。

生活来来去去，总有道不尽的烦恼，也有不断滋生绵延的柔情。无论多么心塞，总会给我们留有很多出口，就像眼前的道路，“蜿蜒不是曲折，只是看多了沿途风景”。

没有什么必须要拥有，也没有什么必须要丢弃，只需要一些仪式感，把零碎的美好妥帖安放，不需要靠得太近，不需要处之朝夕，只愿它繁华如常。

幸福的意义，对每个人来说都不相同，但无论什么时候，它都不是为了给别人看的，所以不必在乎别人的目光，只要自己能让自己快乐便足够。

2021 年，愿你找到一份属于自己的幸福，未来的路上，笑得明媚，活得坦荡。

11

许多人会说，我每天都在读书，可是从来没有对生活带来什么改变。其实，你有没有发现，很多幸福，都是从一些你以为看起来没有什么意义的事上发生。

你以为读了一段心灵鸡汤没有意义，可是在你身处悲伤时，却给你带来了心灵的慰藉；你以为看了一段历史典故没有意义，可是却在你面临选择时，学到了古人的智慧，吸取了前人的教训。

读书，或许不能马上给你人生带来转变，但读书，却是你一生前行中必不可少的一部分。

坚持读书，才能在草丛中看到你心中的宝殿，才能让你成为一个更强大的人。

12

时间的流逝是客观的，是不会因人而改变的，但人类却总幻想着改变时间，所以，重返青春、穿越时空、时间静止术等主题的影视剧才经久不息。

理念的幻想让人们以一种功利的心态来看待时间，时间似乎就变成了交换的一种货币，逼迫自己每一分钟都希望有相应的价值产生。

其实，往往拼命赶时间、省时间的人，是最没有时间的人。因为他们不懂得如何把时间花在自己身上，也没有真正了解时间的价值。

时间即生命！我们必须像对待生命一样地对待时间，耐心地了解它、感知它，决不让它自然地流逝，努力使自己的行动与时间合拍，与时间做朋友。

13

每个人都会有自己的烦恼，但绝大多数都是杞人忧天，想得太多罢了。

许多人常常短暂性的踌躇满志，却又长期混吃等死。一边迷茫，一边焦虑，晚上不睡，白天不醒。给自己定下了一个又一个目标，却又没有一个可以实现。

这么多的问题，归根到底都是因为太懒，懒得读书，懒得运动，懒得学习。在我看来，好好读书，是治愈这些毛病最好的方式。

阅读，会一直让你保持着对这个未知世界的探索，保持着对生活的热爱，更会让你去抵抗很多岁月无常，能够让你变得有智慧，内心变得平静、淡然。

14

如果你累了倦了，就去菜市场逛逛，看看来来往往的人群，听听讨价还价的声音，在柴米油盐中，重燃对生活的热爱，在一饭一蔬之间，体验生活的真味。

生活本就像一杯白开水，淡而无味，清而无色，透而无浊，就是这么简简单单、平平常常，却蕴含着人生五味，加一点盐会咸，多一点糖就甜，添一点咖啡会苦，放一些茶却也幽香。想调成什么味道，全凭我们自己。

美好的生活，就是从浓浓的“烟火气”里过出悠长的“诗意和远方”，把油、盐、酱、醋过成交响，从中找到快乐，寻找幸福方向。你热爱生活，生活就会接纳你。

15

收看电视剧《理想之城》有感

理想主义就像裂变期的铀235，它可以辐射到很多人，产生不可思议的变化，从而炸出漂亮的蘑菇云，开辟一个新天地；理想主义也可能像一枚鸡蛋，被砸到现实的墙上会变得稀碎。

理想主义者注定会活得比较痛苦。他们有自己的骄傲，有自己想要做的事情，一生就为了一个使命，如果得不到这些，他们宁愿去死。他们是芸芸众生中的异类，是业已成年的人中依旧天真的孩子，他们不会轻易向命运屈服，正是因为这样，他们比一般人痛苦。

理想主义不一定能战胜一切，但你必须上战场，不管你人生如何大起大落，请缓慢而坚定地推进，去追求生命以及自我的意义。

16

借钱这件事对每个人来说都是一个较为敏感的话题，也许在把钱借出去的时候，我们就要做好两个准备：一是钱没有了，二是朋友没了。

借钱时必须在心里对自己提出要求：第一，救急不救难；第二，不熟之人一概不借；第三，实在有必要借出去的钱，心里就不要打算对方还。

因为钱，我们能认清身边的人，看清一个人的人品。

我一直相信，只有患难才能见真情，只有在利益面前才能见人品。

一定不要把朋友多当作炫耀的资本，只要珍惜那些在自己出事的时候愿意随叫随到、雪中送炭的人，那样的感情才更加纯粹，更加牢不可破。

17

很多道理，年轻时不信、不懂，相信的时候却早已头破血流，读懂的那一刻，更是已成其中人。生活本就是滚烫炙热的，愿诸位陪我再读《红楼梦》，读懂刘姥姥吧。

她看似极其愚蠢、没有尊严，一副阿谀奉承、讨好的嘴脸让人心生不悦，实则这恰恰是她让人自叹不如的存在。

尊严、体面、尊重，哪一样不是人心中想要得到的呢？你我一样，刘姥姥亦是渴望。可是在现实面前，在家人随时可能殒命的时候，在自己深陷泥沼无法自拔的时候，她选择了舍弃。

她懂人情世故，更懂人心。更重要的是，她明明看清了世界的真实残酷，却还是愿意保有一颗善良之心，温柔地对待这个世界。

18

又是一年月团圆，且喜人间好时节。天净无片云，地静无纤尘，明月在前轩，金风荐爽，玉露生凉。中秋夜，天高月圆，月明人尽望，不知秋思落谁家。

每年中秋节来临的时候，总有新鲜事物出现，总期盼新鲜事物出现，这是我心里跳动的两种音符。

此时此景，我不知你心中所想的是什么，但我想到了你对我的厚爱。

谢谢所有曾经陪伴我、包容我的朋友，无论距离远近，我们都分享着同一轮明月。无论天涯海角，我们友情长存。

在此祝你和你全家中秋节快乐！

19

人生路上，没有什么比读书更美好的了。

它就像是一剂温柔治愈的疗心良药，总能在你迷茫时给你指引，在你困惑时给你答案。

读书，能让你将书本里的死知识，变成自己脑子里的活智慧，继而游刃有余地处理各种事情，解决各种问题。

有句话说得好：世上没有白走的路，更没有白读的书。

你在读书上花的任何时间，都会在未来某一个时刻得到回报。

人生的每一步路都不会被辜负，你读的每一页书都在默默塑造一个更好的你。

20

钱是最好的东西，也是最坏的东西，有时候，它是能掐住人生命的力量。人一旦沦为金钱的奴隶，往往就是他噩梦的开始。

千万别拿自由当成放纵的借口，沉溺于没有节制的购物狂欢当中。千万别企图用预支来的快乐满足自己，因为这样换来的快乐就像泡沫，一戳就破。短暂的狂欢之后，只会迎来更难以填补的空虚。

每个人生活里的苦和甜都是守恒的，你提前享了不该享的福，就得吃原本不需要吃的苦。人总要在“先苦后甜”和“先甜后苦”之间选一个。

存钱虽然不一定可以改变我们的生活现状，但超前消费一定会毁掉未来。

21

在现如今这个快餐时代，出现了这样一种现象：明明没有读过多少书，却装作读了很多的样子，以此来炫耀自己，博人眼球。

其实读书并不需要你死记硬背，而是需要思考书里的内容。重要的是你思考的过程，就算没记住也没关系，它总会发生效果的。

不要让读书变成功利的一部分，也不要让自己变成一个功利的人。读书不只是工具，因为读书不是让你知道了什么，而是让你知道了你不知道的是什么。

总之，读书不是为了炫耀，而是为了将书中的感悟沉淀下来，成就自己身上独有的气质，成为一个“腹有诗书气自华”的人，更是为了增长见识，启迪智慧，修养身心，解决问题。

22

棋盘上，车不是万能的，如果用得好，小兵也能成为胜利的棋子。你可别小瞧一个小小的卒子，它是棋盘上唯一不能回头的棋子，在战场上更是战争的胜负手。

正是当年那些个小兵，明知可能会死，依然一次又一次地冲入敌人的碉堡。这个家国，就是无数个这样的小兵打下来的，而且也只有这样的小兵才能打下来。因为在这些小兵的眼里，信仰大于一切，回头就意味着背叛。

小兵在战场上是最直接与敌人面对面接触的人，是将军的作战方案最直接的执行者，一场战争能否取得胜利，不仅仅在于主帅做出的战略方案，而且在于小兵的战斗力与作战决心。因此，小兵在战场上充当的作用是极其重要的，任何一个指挥官都必须充分意识到这一点。

23

我们的生活很匆忙，总是在忙碌中度过，于是很多时候，我们会发现，自己很忙，很辛苦。

甚至忙到没有时间好好吃饭了，很多人都是匆匆地吃完一顿饭，然后就开始忙碌了。

当我们的生活是这样的时候，我们就会发现，生活很难，人生很不易。

其实，我们要明白的是，吃饭很重要，当你学会了好好吃饭，人生才会赢。

很多时候，我们总以为好好吃饭，不过是在乎自己的身体罢了，但其实并不是的。好好吃饭，是一种生活态度，是一种人生的态度。一生中，当你学会了好好吃饭，你就赢了。

24

学习或者教育对学生本身来说最核心的应该是为己的，必须知道学习不是为别人学的，不是为父母学的，而是为丰富自己学的，这才是真正的教育。

全社会都来参与教育本身是好事情，但有些人却唯恐天下不乱，见风就是雨，以讹传讹，搞得教育杯弓蛇影甚至人人自危。这就需要教育工作者有定力、有能力、有智慧去应对。

从事教育，一定要有某种想象、某种期盼，把这种想象和期盼有机地融合到自己的本职工作中去，持之以恒，坚定地走下去，才能实现真正的目的地。

教育必须像养花一样，一边养一边看，一边静待花开。

25

每个做父母的都希望孩子一辈子安安稳稳地成长，没有风险，更没有危险。他们教育孩子要听话，要乖乖的，不要调皮捣蛋，不要尝试有风险的事情。

孩子在这种教育中，很容易失去冒险精神，不敢追随好奇之心迈上探索之路。

承担风险是一种顽强的精神品质，也是强者所具有的高超能力。无论是幼年时探索未知世界，还是长大后创业，孩子们都不能缺少冒险的勇气和冒险精神。

父母有必要鼓励孩子承担风险，并教会他们正确地承担风险，使他们成为一个勇敢而成熟的人。

26

这年头投胎也是个技术活儿啊……投得好，便是一生荣华富贵；投得差，只能为生计奔波，辛苦操劳一世。

估计很多人都经常在想，为什么自己的爸不是马云，不是李嘉诚呢？当然我也曾经想过，虽然这样说对我父母大人有大不敬的嫌疑，哈哈。

不过不知道你有没有想过，我们的父母可能也在想：如果我的孩子像马化腾该多好，哈哈。

投胎这门技术应该是上辈子好好学习的，结果我们没努力去提升技术，投胎了普通家庭。想要改变处境，那就只能通过后天自己多多努力了，先天不足后天来补。

27

人这一生，要懂得知足，过往浮云都作飞烟飘散，做好自己，远远比追求更多的物质和名利重要得多。

就像电视剧《突围》里的林满江，在自己身患重病的时候，想的还是如何去转移自己的财产，如何让自己的地位稳固。

其实，仔细想想，这真的有必要吗？人生若只强求鸿毛重几何，那就失去了最一开始的初心。

不妨把目标放低一些，求其上者得其中，才是人生最好的答案。

人这一生，要懂得知足，知足才有常乐。一颗有欲望的心，是永远都不快乐的；一颗什么都计较的心，是烦恼不安的。唯有舍去人生的“枝枝蔓蔓”，留下简单豁达的心，福报才会越来越多。

要想活得轻松自在，必须学会洒脱。做一个知足的人，过轻松的日子，过无悔的人生。

28

啥叫靠谱？靠谱就是说话算话，不欺不骗；靠谱就是为人可靠，值得信赖；靠谱就是不用防备，相处舒服；靠谱就是人品过关，让人安心。

作家池莉说：靠谱，说起来简单，落下去复杂；听起来像感觉，做起来是原则。

真正靠谱的人，是最值得我们欣赏的人。在他眼里，人品比金钱重要，良心比利益可贵。他从不会因为利益把朋友出卖，也不会因为好处就算计人心。

你身边有靠谱的人吗？如若有，你一定要好好珍惜，一定要用真心善待。

你是一个做事靠谱的人吗？如若是，一定要保持下去，千万不要变坏。

29

有一句话是这么说的：生命以痛吻我，我报之以歌。

这人世间的好多事情，都会清者自清、浊者自浊。虽然可能暂时受点委屈、蒙受屈辱，但是时间是最好的审判官，历史最终都是公正的。因此，人生其实不需要所谓的解释。

当我们学会把一些事情交给时间的时候，往往这些事情会因此有一个沉淀的效果，当时间的齿轮碾压过之后，一切自然能够大白天下。

懂你的人不用解释，不懂你的人不必解释。在喜欢你的人那里，即使你有再多缺点，也是喜欢；在珍惜你的人那里，即使你有再多不足，也是珍惜。

30

世间的事情，往往失之毫厘，就会造成莫大的差异。一个大意，一个闪失，就可能前功尽弃，最悔之不及的，就是在自己的溜号中错失良机。

世界上唯一不变的就是变化本身。世上没有一成不变的东西，生活本就充满变化，当变化来临，能改变事情结局的是你的态度，而不是事情本身。

很多时候，你觉得自己离目标只有一步之遥，也许明天就可以见到收获，可事情偏偏出了一些意外，结局和我们的预料的大相径庭。

我们的人生经不起几次意外，时间一分一秒地过去，有时候我们会觉得时间过得好快，但是我们一天到底做了什么。所以说，我们真的不知道明天和意外谁先来，我们要珍惜生命的每一天。

31

小时候初读鲁迅的《祝福》时，只觉祥林嫂可怜，人们对她的恶意和漠视太过分。

生活的进程中，必须尊重每个个体的差异，接受万物的不同，也认知世间的善良，保留初心的美好。

一些网络喷子躲在键盘后，抒发所谓的正义，站在道德的制高点评头论足。仇视金钱、财富以及那些靠自己努力取得成就的人，伪装成是正义感十足的活雷锋，实则是在颠倒是非，进行道德绑架。

每一个生命都无法复制，每个人的意识也是经历了岁月辗转之后独特形成的，但是在这个微妙喧哗的世界中，我们最难把握的就是恰到好处的善意和温存。

32

我们总是会期望时间过得慢一些，能够让我们驻足欣赏世界的美景，倾听他人的美妙声音，思索人生的种种奥秘。然而时间总是残酷的，当我们面对现实，总发觉时间与生命的不断抗争。

生命那么短，但我却从未珍惜过，直到现在，才发现，我在慢慢变老，在把生命还给时间，只留下一些不起眼的东西。

时间走了，生命没了，却还不懂和珍惜，那活着还有意义吗？答案是：没有。对吗？

生命与时间是人生最为纠结的事情，一如藤和树的缠绕，总是让人难以分出主干和蔓叶的混淆。

时间是无偿赠送给生命的。获得了生命也就获得了时间，但是时间并不代表生命的价值。不要指望时间是公正的，时间对珍惜它的人和不珍惜它的人是不公正的。时间的含金量，取决于生命的质量。

33

不得不坦然地去面对现实，这么多年来我没有被困境压倒，反而在重重的困难面前学会了坚强。

每个人身上大概都有很多没有被激发出来的潜能，在安逸的生活中这些潜能可能永远不会被发现，而一旦被逼上绝境，这些能力才慢慢地显现出来，支撑起渐渐变得脆弱的意识，重新寻找另外一种途径顽强地生存下去。

说俺命硬也好，贱命也罢，总之我没有那么轻易被打倒，只有不去享的福，没有吃不了的苦。

生活不止眼前的苟且，还有永远读不懂的诗和永远到不了的远方。

生活总归不会天天都精彩绝伦，它总是会起伏不停，平平淡淡才是生活的真味。只要有心，在柴米油盐的平凡生活中也可煎炒蒸炖出诱人的香味。

于繁华尘世里，享受家常的温暖，憧憬平实的梦想，这样的生活最是自由自在，真实坦然。

34

2022 年是比较特别的一个年份，按照十二生肖的顺序推算，这一年是属虎的本命年。虎年是根据中国传统历法来确定的。

2022 年中国将有哪些大事发生？已经确定了的有：中国共产党第二十次全国代表大会于 2022 年下半年在北京召开（这是我们党进入全面建设社会主义现代化国家、向第二个百年奋斗目标进军新征程的重要时刻召开的一次十分重要的代表大会）；2022 年北京–张家口冬季奥运会将在 2022 年 2 月 4 日至 2022 年 2 月 20 日在中华人民共和国北京市和张家口市联合举行（这是中国历史上第一次举办冬季奥运会）；中国共产主义青年团成立 100 周年。

2022 年，我希望，太阳升起之时，我与大地上的万物一起苏醒，平静地生长，风调雨顺，安详宁静。

35

2022，不强求！属于我的，我珍惜；离开我的，我再见。辜负我的，不卑微；喜欢我的，我深爱。

财富不强求，有则轻松，无则知足；朋友不强求，缘深缘浅，缘聚缘散；自己不强求，万事随缘，随遇而安。

凡事，尽人事，听于命。命里一尺，不求两尺，顺其自然为上。

生命宝贵决不浪费，努力活好每一天。所有的人和事，自己问心无愧就好。

珍惜你的人不会离你而去，无视你的人你走不进他心里。凡事不强求，一切顺其自然，便是最好的幸福。

调整好心态去应对一切，以一颗感恩的心对待所有，不浮躁，不萎靡，不强求，努力做最好的自己。

36

年关，曾是儿时心心念念的期盼与欢乐。因为一到年关，就可以买新衣新鞋，大人就会忙着准备好吃的、好喝的，好招待亲朋好友，我们这些馋嘴的孩童也可以一解馋肠辘辘。

跟随时光的脚步，一岁一成长，一岁一年关，经过多少事，越过多少山，蹚过几道河，走过多少弯路，吃过多少苦，都已随记忆搁浅，曾经的顽童已达古稀之年。

37

站在岁末年初的时间交汇点，辞别辛丑牛，迎来壬寅虎。在这个辞旧迎新的节日里，最幸福的就是团圆，最开心的就是陪伴。

除夕这天真心话不留心间，我要告诉我的亲人和朋友，让你们知道我有多在乎你们。

除夕这天我感恩，在我伤心时安慰我的朋友；在我落泪时心疼我的爱人；在我离家时牵挂我的父母；在我迷茫时鼓励我的同事。你们都是我生命中的贵人，也是我此生最该铭记的人。你们从未锦上添花，只会雪中送炭。你们从未索取回报，钱财也不计较。

除夕这天祝福所有朋友们：旧年没有遗憾，新年事事圆满！祝愿生命中遇到的每个人，心想事成，事事如愿，财源滚滚，幸福安康。

38

今天是壬寅虎年的正月初一。我祝福我的亲人和朋友从今天开始，每天微笑吧。在如此纷繁美好的岁月中，跨过羁绊，抖擞精神，放宽心胸，笑着前行。当你对世界微笑，世界就会对你微笑。

人们常说，笑，是世界上最好的灵丹妙药。它没有颜色，却能让世界五彩斑斓；它没有气味，却能让人间芳香四溢；它没有形状，却影响着世间万物、人情冷暖。

身处逆境，与其满脸忧愁，不如“既来之，则安之”。把笑容挂在脸上，既点亮了自己，也照耀了别人。

仰天大笑出门去，坦然接受生活的馈赠。你若欣赏不了人间灿烂，又如何能蹚得过暗流湍急。

凡事从心而起，一笑解千愁；凡事一笑而过，时间自有答案。

39

愿天下有情人终成眷属；愿世间充满欢声笑语；愿有岁月可回首，且以深情到白头。

又是一年情人节，这个被“爱”包围的日子，有人在鲜花礼物里收获情意，有人在细水长流中感受幸福。

突然发觉：一路走来，总是忙着取悦他人，却忽视了最应该爱惜的人——自己。人生一程，尽心尽力爱自己，才是最好的投资。

从今天开始，面带微笑，不论难事烂事，学着一笑而过。每天早晨对着镜子笑一笑，事事看淡，时时乐观，为情绪找一个出口，给心里放一片绿洲。

你要相信，心态好了，事情就少了，自己快乐了，人生的晴天就多了。

愿最好的自己不负此生，不忘来时路；愿最好的自己永远年轻，坚定向前。

40

正月已过，虽有余寒，春天的消息却也在不知不觉间传递到人间。

春天的脚步轻轻，春天的言语低低。春天刚开始时，也并非浓妆艳抹，但风吹过来，雨丝飘落下来，水波荡漾起来，一星星的红，一丝丝的绿，便是春天的消息了。

春雷惊起，万物复苏，生命也开始回暖如春，有了身体和心灵的悸动和震撼，万千弱小生命蠢蠢欲动的日子实在令人着迷。

等待一粒种子的孕育，一片叶子的发芽，一朵小花的盛开，日日与花草为伴，每一天都心情愉悦，珍惜着春天赠予我们的每一个暖暖的瞬间。

人的生命都是与自然紧密相连的，愿四季予你，长日欣喜。春天，正为我们一笔笔勾勒铺陈开花月占春风的锦绣河山。

唯有在春天的沃土里辛勤耕耘过，才能不断追求生命的更高境界，让自己变得越来越好，让人生更加圆满。

后　记

所有的安全感都是自己给的。3 月 3 日，写完那段“人最大的安全感来自自己”后，我的松不老随笔就算完篇了。

人活着，择一事而成趣，得一好而终老，如此，甚好。

于今世界红尘滚滚，物欲汹汹，人心越来越浮躁，时尚越来越火爆，松不老随笔就是日常生活中的心情、感悟、新观点、新发现……完全是有感而发，哪怕是一点思考、一点感受、一点闪光的意念都让我带到随笔中去，不摆做文章的架子，保持一种随意漫谈的风格。

生活如浩瀚的大海，博大宽广，时时处处事事都可以写成文章。我锲而不舍地试图用一颗善良之心、真诚之心去贴近平常的生活，从中感悟人生的真谛，触摸时代的脉搏，寻觅真善美的所在，并忠实地将其诉诸笔端，这是我的松不老随笔写作的正途。

历经风风雨雨人生路的我，试图把那些自己觉得有必要的人生感悟告诉读者，试图以细腻的笔触和对生活的强大洞察力，寓哲理于常情之中，深入浅出，帮助那些在繁杂生活中找不到头绪的人们，找到人生的方向。

提醒、告诫、鼓励、帮助，是写作的宗旨；热情、真诚、细致、理性，是作者的温度。

松不老

于2022年5月5日